Buffy – Im Bann der Dämonen
Die Nacht der Wiederkehr

Arthur Byron Cover

Buffy
Im Bann der Dämonen

Die Nacht der Wiederkehr

Aus dem Amerikanischen von Barbara Först

vgs

Die Deutsche Bibliothek – CIP-Einheitsaufnahme

Buffy, im Bann der Dämonen. – Köln : vgs
Die Nacht der Wiederkehr / Arthur Byron Cover.
Aus dem Amerikan. von Barbara Först. – 1999
ISBN 3-8025-2636-8

Das Buch „Buffy – Im Bann der Dämonen. Die Nacht der Wiederkehr" entstand nach der gleichnamigen Fernsehserie (Orig.: *Buffy, The Vampire Slayer*) von Joss Whedon, ausgestrahlt bei ProSieben.

Erstveröffentlichung bei Pocket Books, New York 1998.
Titel der amerikanischen Originalausgabe: *Buffy, The Vampire Slayer. Night of the Living Rerun.*

Lektorat: Katja Hofmann, Köln
Umschlaggestaltung: Papen Werbeagentur, Köln
Titelfoto: © Twentieth Century Fox Film Corporation, 1999
Satz: ICS Communikations-Service GmbH, Bergisch Gladbach
Druck: Clausen & Bosse, Leck
Printed in Germany
ISBN 3-8025-2636-8

Besuchen Sie unsere Homepage im WWW:
http://www.vgs.de

Meiner Frau Lydia in Liebe gewidmet

1

In der Höhle des Meisters war alles beim alten geblieben – so ziemlich jedenfalls.

Klar, es kam immer mal vor, daß ein paar Anhänger oder untote Helfer des Meisters plötzlich nicht mehr da waren, aber so was zählte zu den eher unwichtigen Veränderungen. Der Meister lebte nun schon seit Jahrzehnten in diesen öden unterirdischen Gängen. Inzwischen war er kurz davor, komplett verrückt zu werden, einfach weil alles so fürchterlich langweilig war.

Der Meister fand, daß er unter seinem Niveau lebte. Er kam sich vor wie eine riesige vergoldete Küchenschabe, die durch das Labyrinth hin und her flitzte, immer auf der Suche nach einem Ausgang, den es nicht gab. In letzter Zeit hatte der Meister seine frühere Neigung zum Brüllen nicht mehr verspürt – wofür seine geduckten, ewig schnüffelnden Anhänger ihm unendlich dankbar waren, denn das Echo seines Gebrülls hatte ihre Ohren bluten lassen. Der Meister schrie selten, wenn mit einem Plan alles glattging. Und seit kurzem prahlte er damit, daß er bald seinen klügsten, gemeinsten Plan ausgearbeitet haben würde.

Allerdings sahen seine Anhänger den Meister niemals wirklich an etwas arbeiten. Sie klammerten sich an die vage und vielleicht vergebliche Hoffnung, daß sich des Meisters gegenwärtiger Plan, wie auch immer er aussehen mochte, entgegen allen Erwartungen erfüllen möge.

Denn dann würde der Meister endlich verschwinden. Den großen Abgang machen. Und mit langen Schritten würde er die Erde betreten wie ein Gott aus unergründlichen Tiefen – kriegerischer als Mars, düsterer als Hades.

Auf der Erde würde dann das Chaos herrschen. Die Menschen kämen der Unterwelt der Geister so nahe man ihr nur kommen kann, ohne selbst hinabsteigen zu müssen. Und der Meister wäre mit seiner Herrschaft des Schreckens von mythischem Ausmaß beschäftigt. Er dürfte dann kaum noch Zeit finden, sich weiter seinen unbedeutenden Anhängern zu widmen, die den ehemaligen Kerker bewachten.

Und dann endlich könnten die unwürdigen Geschöpfe diesen Ort verlassen, an dem nie auch nur das Geringste geschah, und von der historischen Bühne abtreten.

Zurückblickend erkannte Buffy, daß das Abenteuer schon lange begonnen hatte, bevor es ihr schließlich bewußt geworden war. Wann hatte alles angefangen? Mit den Machenschaften des Meisters? Oder schon, als Mom nach Sunnydale umgezogen war? Vielleicht hatte es auch mit der Erschaffung des „Mondmannes" begonnen – oder möglicherweise, als Prinz Ashton Eisenberg das „Doppelte Duell" prophezeit hatte.

Aber vielleicht waren ja auch die Hexenprozesse von Salem der wirkliche Anfang gewesen. Es wäre schon seltsam, wenn Ereignisse, die vor etwa dreihundert Jahren stattgefunden haben, einen derart starken Einfluß auf die Gegenwart haben könnten. Falls irgendwann noch Schlimmeres passiert sein sollte, so wollte Buffy es gar nicht wissen.

Für sie selbst hatte es mit ihren Träumen angefangen. Zuerst hatten sie nur aus einigen Bildern bestanden, die von Zeit zu Zeit wiederkehrten. So war das ein paar Wochen lang gegangen. Bis Giles eines Nachmittags aus heiterem Himmel vorgeschlagen hatte, Buffy solle, sobald sie aufgewacht war, ihre Träume aufschreiben. „Und zwar noch bevor du aufstehst!" betonte er. Sie saßen gerade wieder gemeinsam in der Bibliothek der Sunnydale High, Giles' zweitem Zuhause.

„Warum denn nur?" fragte Buffy, die an ihre Traumbilder dachte. „Und warum ausgerechnet jetzt?"

Giles zuckte mit den Achseln. „Auch andere Jäger haben Traumtagebücher geführt. Es könnte dir helfen, mit deiner inneren Kriegerin in Berührung zu kommen." Er reichte ihr ein Notizbuch. „Das kannst du bestimmt gebrauchen."

„Ist das für mich? Giles, das hätten Sie nicht kaufen müssen."

„Keine Ursache, Buffy."

„Vielleicht will ich ja gar nicht mit meiner inneren Kriegerin in Berührung kommen. Ich kann nicht immer nur die Jägerin sein. Manchmal möchte ich einfach nur schlafen und diesen ganzen ‚letztes-Bollwerk-gegen-das-Böse'-Quatsch vergessen." Sie hielt inne, als sie die Gesichter ihrer Freunde sah. „Vergeßt es. War keine gute Idee. Ich hab das nie gesagt."

„Ich glaube, sie meint damit, daß sie auch mal einfach nur leben will", erklärte Willow, die ohne aufzusehen, eine Reihe von Befehlen in ihren Computer eintippte.

„Leben? Was um alles in der Welt meinst du damit?" fragte Giles, erstaunt über die Gewaltigkeit dieses Begriffs.

„Ja, Buffy, was meinst du denn bloß damit?" neckte Xander sie. „Wir haben doch unseren Spaß, oder?"

„Buffy, hast du so 'ne Art Karriere im Sinn?" erkundigte sich Willow.

„Oder hast du ein Motivationsproblem?" fragte Giles und zog eine Augenbraue hoch.

Xanders Miene hellte sich auf. „Ein Actionfilm würde dich schnell auf andere Gedanken bringen. Da läuft 'n brandneuer Streifen mit Jackie Chan und Jim Carrey. Wir können ja heute abend reingehn."

„Nein danke", erwiderte Buffy und nahm das Notizbuch. „Ich hatte mir nur gerade eingebildet, daß ich irgendwann mal so 'ne Art Privatleben haben könnte, wenn ich ein paar meiner Gedanken für mich behalte. Hätt's ja besser wissen müssen."

„Du bist die *Jägerin* dieser Generation, und ich bin der *Wächter*", sagte Giles sehr ernst. „Da gibt es nun mal kein Privatleben."

„Giles, Sie müssen mal ein bißchen unter die Leute", meinte Buffy. Dann betrachtete sie das Foto auf dem Einband des Notizbuchs. „Wer ist denn der Opa da?"

„Das ist Sigmund Freud", erklärte Giles in seinem aufreizenden Lehrertonfall. „Ich dachte, ein Pionier auf dem Gebiet der Erforschung der menschlichen Seele könnte eine Inspiration für dich sein."

„Ach ja. Der hatte da so 'ne Geschichte mit Zigarren, stimmt's?" Buffy gab Giles das Notizbuch zurück. „Schon in Ordnung. Ich glaube, ich schaffe es noch gerade so, mich selbst zu inspirieren."

„Wie du willst", meinte Giles kühl.

Als Buffy nach Hause kam, war ihre Mutter gerade dabei, eine Kiste auszupacken. „Wieder 'ne Lieferung?" erkundigte sie sich.

„Schau dir mal die an! Sie passen wunderbar in die neue Ausstellung." Mom hielt ein Notizbuch hoch. Das Foto auf dem Einband zeigte die Skulptur eines Mannes, der aus Quadraten und Rechtecken zusammengesetzt war. „Das ist ein Meisterstück von V.V. Vivaldi: ‚Der Mondmann'."

„Cool!" meinte Buffy bewundernd. „Zufällig brauche ich gerade dringend ein neues Notizbuch."

„Dann nimm dir eins. Aber sag den Leuten auch, daß sie in der Galerie das Original sehen können."

Bevor sie ins Bett ging, legte Buffy pflichtbewußt Notizbuch und Stift auf den Nachttisch. Sobald sie den Kopf an ihr Kissen schmiegte, war sie auch schon eingeschlafen. Der Schlaf, in den sie fiel, war sehr tief. Tiefer und kälter als früher.

Als sie wieder erwachte, hatte sie schon damit begonnen, den Traum aufzuzeichnen. Die Bilder hatten ihr wirklich Angst eingejagt: Da gab es eine zerschmetterte Kanzel, wie von einem riesigen Brecheisen in Stücke gehauen. Maden wimmelten um die Füße eines Gurus, dessen Antlitz entstellt war. Unter zuckenden Blitzen brachen Gräber auf, junge Frauen tanzten im Mondschein, und Menschen oder seltsame Fabelwesen ritten auf dem Wind vorbei und attackierten sie.

Okay, das war nicht gerade die Art von Träumen, auf die Buffy gewartet hatte, aber sie waren interessant. Sie ergaben einen Sinn, wenn man zufällig die Jägerin war. Ein Bild jedoch fiel aus dem Rahmen – es erinnerte an nichts, was man mit Buffy Summers, Vampirjägerin der Neunziger, verbinden würde. Das Bild zeigte den Mond, auf den ein riesiger Meteor zuraste.

Von nun an schrieb Buffy jeden Morgen die Träume der vergangenen Nacht auf. Ungefähr einen Monat später las sie sich das Geschriebene noch einmal durch, um herauszufinden, ob etwas Bemerkenswertes im Gange war.

Überrascht stellte sie irgendwann fest, daß zwar manche der Bilder ganz zufällig auftauchten – wie man es in Träumen erwarten konnte –, andere aber einer inneren chronologischen Ordnung folgten. Diese Bilder erzählten eine Geschichte.

Die Traumgeschichte begann aus der Perspektive eines kleinen Mädchens. Es lernte mühsam, mit der Hand zu nähen und an der riesigen Feuerstelle einer Küche Essen zuzubereiten. Später sammelte es Kastanien und Beeren in den Wäldern und lernte, Weizen für das Brotbacken zu mahlen. Als es größer wurde, begann das Mädchen sich um die Zubereitung von Fleisch zu kümmern. Offenbar hatte es sich darin als besonders geschickt erwiesen, denn es folgten eine Menge Bilder, in denen Gänse und Hühner gerupft und Fisch ausgenommen wurde.

Schließlich erreichte das Mädchen die Teenagerzeit. Während andere junge Frauen sich von geeigneten jungen Männern des Städtchens den Hof machen ließen, träumte Buffy, daß das Mädchen sich um den Haushalt kümmerte. Sie spürte, daß irgend etwas Schreckliches mit dem Familienoberhaupt passiert sein mußte, und daß diese Arbeit unausweichlich war.

Ihr Traum-Ich konnte mit Axt und Messer umgehen und schoß mit einem Gewehr, dessen Pulver vor dem Schuß mit einem Streichholz entzündet wurde. Sie war eine hervorragende Schützin und konnte einen Truthahn auf hundertfünfzig Meter treffen oder Gänse und Enten im Flug herunterschießen. Auch mit Pfeil und Bogen hantierte sie äußerst geschickt, sie benutzte sie sogar zum Fischen.

Inmitten dieser vielen Bilder von Nähen, Kochen und Jagen tauchten auch immer wieder einmal Leute auf. Buffy hatte keine Ahnung, wer sie sein mochten, nahm aber an, daß es sich um Freunde und Familienangehörige handelte.

Als das Mädchen ungefähr fünfzehn war, änderten sich die Bilder auf dramatische Weise: Indianer töteten die meisten ihrer Freunde und Verwandten, die Buffy in vielen vorangegangenen Träumen kennengelernt hatte. Andere Bilder zeigten das Mädchen, das aus Rache Indianer umbrachte. Und später, nachdem wieder etwas Traumzeit verstrichen war, mordete sie alle nur denkbaren Ungeheuer: Vampire, Zombies, Dämonen in der Maske von Quäkern, Indianern oder englischen Aristokraten. Diese Geschichte kam Buffy schon eher bekannt vor. Nur die Epoche war eine andere.

Eines Nachts träumte sie plötzlich eine komplette, zusammenhängende Geschichte. Ihr Traum-Ich befand sich in einer sternenklaren Nacht mitten auf dem Marktplatz eines unbekannten Städtchens. Auf dem Boden gefror Schnee zu Eisklumpen. Der hübsche, saubere Platz wurde von ein paar Öllampen beleuchtet. Auf der einen Seite stand eine riesige Holzkirche, deren Lage anzeigte, wie wichtig sie in der Gemeinde war.

Mitten auf dem Platz stand ein Galgen. Eine Gruppe wütender Männer in einfachen schwarzen Anzügen trieb einen anderen jungen Mann mit Priesterkragen auf die Stufen des Podests zu, über dem drohend die Schlinge baumelte. Einige der Männer trugen altmodische Gewehre, bei denen Pulver und Kugel getrennt geladen wurden. Als der junge Mann nicht schnell genug ging, stießen sie ihn zur Ermunterung mit den Gewehren an.

Buffy blickte an sich herab: Ihr Traum-Ich saß auf einem Pferd, quer über dem Sattel lag ihr eigenes Gewehr, geladen und schußbereit. Ein Muskel ihrer rechten Hand hatte zu zucken begonnen. Sie überlegte, wie schnell sie nachladen konnte, und wie viele sie wohl erwischen könnte, falls sie sie angreifen würden. Sie stieß einen Seufzer aus und feuerte. In die Luft.

Ein paar der Männer starrten sie mit offenem Mund an, andere verfluchten sie und ballten die Fäuste. Aber keiner machte Anstalten, sich ihr zu nähern. Sie lud so rasch nach, daß ihre Hände und der Pulverbeutel zu einem einzigen Punkt verwischten – nie hatte man jemanden so mit dem Gewehr umgehen sehen.

Sie richtete die Waffe auf den Mann, der ihr am nächsten stand. „Verzeihung, Gentlemen, ich pflege mich eigentlich nicht in die Angelegenheiten der Justiz zu mischen ..."

Der Mann war groß und dick und besaß scheinbar ein unerschütterliches Selbstvertrauen und angestammte Macht. Trotzig blickte er zu ihr auf. Hinter seiner tapferen Miene jedoch versteckte er abgrundtiefe Angst – ob auf Buffys Traum-Ich oder die gesamte Situation bezogen, ließ sich nicht genau sagen. „Samantha Kane! Ich hätte es ja wissen müssen. Ihr kommt reichlich spät."

„Ich wurde aufgehalten."

„Von der Gegenwart des Bösen, möchte ich vermuten?"

Samantha Kane zuckte mit den Schultern. „Was in Euren Augen böse ist, Sir, muß es in meinen nicht sein."

Sie senkte das Gewehr und glitt vom Pferd. Die Männer flüsterten verstohlen untereinander. Das kümmerte Samantha Kane nicht – sie wußte, daß man sie für ungewöhnlich hielt. In jenen Zeiten pflegten Frauen nicht zu reiten, nicht allein zu reisen, sie konnten auch nicht schießen. Und niemals, wirklich niemals wäre es geduldet worden, daß sie vom gemeinen Pöbel gefürchtet wurden. Falls es so war, wurden Frauen der Hexerei bezichtigt, ihre Schuld unweigerlich bewiesen, und sie wurden gehängt.

Doch niemand wagte es, Samantha Kane der Hexerei anzuklagen. „Ich freue mich, Euch zu sehen, Richter Danforth, auch wenn ich wünschte, daß die Umstände erfreulicher wären."

„Die Umstände sind niemals erfreulich in diesen gefährlichen Zeiten, Gevatterin Kane. Ihr befindet Euch doch wohl?" Nun blickte er sie fast freundlich an. Die Angst in seinen Augen war einer großen Müdigkeit gewichen.

„Mir geht es gut. Und Ihnen, mein Freund?" Samantha betrachtete diesen Richter Danforth wohl als Verbündeten, obwohl sie Zweifel an seiner Lauterkeit hegte.

„Gut genug, um meiner traurigen Pflicht zu genügen. Dieser arme Teufel ist soeben schuldig gesprochen worden, die Zauberei eines Hexenmeisters ausgeübt und sich mit einer Hexe eingelassen zu haben. Das Urteil ist unverzüglich zu vollstrecken."

„Unverzüglich?"

Danforth legte seine Stirn in Falten. „Für gewöhnlich werden die des sündigen Kontaktes mit dem Teufel für schuldig Befundenen vierundzwanzig Stunden lang geschont. Sie können dann ihren Irrweg einsehen und um Vergebung bitten, auf daß ihre Seele sich mit Gott aussöhnen möge. Aber dieser arme Teufel ..." Der Richter zog eine verächtliche Miene. „Er war mein Schützling. Ich setzte große Hoffnungen in ihn und wünschte mir, daß er eines Tages der geistliche Führer unserer Gemeinde würde und viele Seelen retten könne. Es schmerzt mich sehr, wie tief er gefallen ist."

Samantha blickte dem „armen Teufel" in die Augen. Sie waren golden und voller Gefühl, und sie spürte, daß sie den Mann mochte.

„Euer Name, Sir!" wünschte sie zu wissen.

Der Verurteilte blickte sie kalt an. „Ich bin der ehrwürdige Reverend John Goodman. Und Ihr seid Samantha Kane, die Hexenjägerin."

„Unter anderem." Ihr fiel auf, wie schmutzig seine Kleidung war, weil er im Kerker gelegen hatte; doch trotz seines Verbrechens trug er immer noch den weißen Kragen seines Standes. Sein Gesicht war voller Blutergüsse, das lange rote Haar verfilzt. Sie fand, daß er sich recht gut hielt für einen Mann, der in Kürze gehängt werden sollte.

„Hört her, Leute!" sagte Samantha zu der Menge und im besonderen zu einem Mann, der Tran über das Holz des Galgens goß. „Wartet noch ein wenig."

„Warum sollten wir das?" zischte einer, der offenbar keinen großen Unterschied zwischen ihr und den übrigen Hexen machte.

Samantha packte ihn am Kragen seiner Weste, zog sein Gesicht nahe zu sich heran und knurrte leise: „Weil dies keine gute Nacht zum Sterben ist." Sie ließ den Mann los und blickte sich in der Runde um. „Euer ‚Hexer' kann ebensogut morgen sterben."

Richter Danforth nahm sie beim Arm und zog sie ein Stück von Goodman und der Menge fort. „Verteidigt Ihr diesen Mann etwa?“ fragte er mit gesenkter Stimme. „Diesen Teufelsanbeter?“

„Ich weiß, daß ich Goodmans Prozeß versäumt habe. Ich war in New York und habe dort gräßliche Wesen beseitigt“, antwortete Samantha. Vor ihrem inneren Auge tauchte das Bild von Toten auf, die aus den Gräbern auferstanden und eine Gemeindeversammlung angriffen. „Doch ich habe Grund zu der Annahme, daß man Euch und die anderen überlistet hat. Ich würde gerne mehr über diesen Fall erfahren.“

Danforth war entsetzt. „Zunächst beschuldigte Goodman eine Frau der Hexerei. Nachdem wir die Beweislage diskutiert hatten und beschlossen, ihr den Prozeß zu machen, war Goodman nirgends zu finden. Er tauchte erst wieder auf, nachdem die Schuld der Hexe bewiesen und sie ihrer Strafe überantwortet worden war. Dann aber gelang es ihr zu fliehen – kurz nachdem Goodman sie im Verlies aufgesucht hatte. Die Hexe befindet sich immer noch auf freiem Fuß. Welche Beweise brauchen wir noch, um sicher zu sein, daß er mit dem Teufel im Bunde ist?“

„Und wie gerecht ist ein Tribunal, das die Hinrichtung eines Unschuldigen beschließt?“ konterte Samantha. „Ich muß noch mehr wissen!“

„Zum Beispiel?“ fragte Danforth.

„Wurde diese Hexe nur auf sein Zeugnis hin angeklagt? Oder gab es noch andere, die glaubten, daß diese Frau mit dem Teufel im Bunde sei?“

Danforth kräuselte die Lippen. Er nickte einem Mann zu, den Samantha als Sheriff Corwin erkannte, und dieser wiederum nickte zu dem Mann hin, den Samantha zuvor am Kragen gepackt hatte.

„Bring die Mädchen her“, sagte Sheriff Corwin. „Bring sie sofort her und beweise ihr, daß der Teufel weder in

New York noch in Williamsburg ist, noch an irgendeinem anderen Ort, wo er vermutet wurde. Wir haben das Jahr des Herrn 1692, und der Teufel ist hier – in Salem."

Salem 1692! Fast wäre Buffy aus dem Schlaf aufgefahren. Diese Jägerin der Vergangenheit hatte inmitten der Hexenverfolgungen von Salem, Massachusetts gelebt. Es war eines der schlimmsten Kapitel amerikanischer Geschichte – Buffy hatte eine Menge darüber in Horrorfilmen erfahren.

Der Mann, den Samantha sich vorgenommen hatte, funkelte sie wütend an. „Das ist alles deine Schuld, Frau. Du versagst mir die Gerechtigkeit, die ich verdiene."

„Wenn das, was du willst, gerecht ist, wird es dir nicht versagt werden", gab Samantha zurück. „Und nun, Sir, tut bitte, worum man Euch gebeten hat."

„Das ist Joseph Putnam", erklärte Richter Danforth. „Seine Tochter Heather ist eines der Mädchen, die herbeigeholt werden sollen, um Eure Neugier zu befriedigen. Nun geh schon, Mann, und laß uns tun, was getan werden muß."

Der Mann ging; Samantha nahm es kaum wahr. „Es ist nicht bloße Neugier, die mich dazu zwingt, Euer Urteilsvermögen in Zweifel zu ziehen."

Samantha wartete schweigend. Glühwürmchen schwebten umher und spiegelten sich in den Augen der wütenden Männer. Goodman stand ungerührt da, er war ganz ruhig und blickte sie an. Ein Windstoß fuhr durch sein langes Haar.

Samantha war von seinem Mut beeindruckt. Sie hatte das Gefühl, daß sie unter anderen Umständen hätten Freunde werden können. Warum sollte sie nicht für seine Freilassung kämpfen – war sie nicht ebenso für den Schutz der Unschuldigen zuständig wie für die Bekämpfung der wahren Ungeheuer?

„Das ist er!" kreischte plötzlich ein junges Mädchen hysterisch. „Er ist verantwortlich für meinen Wahn!"

Stoff und Machart ihres Kleides zeigten, daß sie die wohlhabende Tochter eines Kaufmanns war, doch die Ärmel des Kleides waren zerrissen und viele Nähte geplatzt. Mit wilden Augen blickte das Mädchen um sich. Frische rote Striemen hatten ihren Elfenbeinteint verdorben. Samantha erkannte in ihr Heather Putnam. Sie sah, daß die Fingerspitzen der jungen Frau blutig waren: Heather hatte sich selbst verletzt. Einen klareren Hinweis auf Besessenheit gab es kaum.

In den Augen eines Mädchens aus dem zwanzigsten Jahrhundert allerdings sah Heathers Zustand ganz einfach nach Hysterie aus.

Putnams Tochter und zwei andere fast gleichaltrige und ebenso besessene Frauen waren mit einem Seil um die Taille aneinander gefesselt. Putnam und vier andere Männer hielten das Seil fest und zerrten die Frauen in die gewünschte Richtung. Sie mußten alle ihre Kräfte aufbieten, um zu verhindern, daß sie Reverend Goodman ins Gesicht sprangen – mit der Absicht, ihm die Augen auszukratzen.

Putnam war nicht bei der Sache. Traurig blickte er seine Tochter an und wischte sich von Zeit zu Zeit eine Träne ab. Danforth schüttelte mitleidig den Kopf, während er die jungen Frauen betrachtete. Goodman hingegen erflehte Gottes Segen für sie. Die anderen Männer betrachteten beide Seiten mit Abscheu und Furcht.

„Er ist der Verantwortliche! Er ist es!“ riefen die Frauen immer wieder. „Er trägt die Schuld!“

„Hattet ihr nicht gesagt, daß die Sklavin für euren Zustand verantwortlich ist?“ fragte Danforth sie.

Da wurden die Mädchen still. Heather runzelte nachdenklich die Stirn. Die beiden anderen blickten sie forschend an, als erwarteten sie eine Anweisung. Heather nickte, und fast gleichzeitig schworen sie: „Auch die Sklavin ist verantwortlich! Es ist Tituba! Es ist Tituba!“

„Seht Ihr?“ sagte Danforth ruhig zu Samantha. „Sie sind alle ziemlich verrückt. Und leicht zu verwirren, jede von ihnen. Offenbar das Werk des Teufels.“

Buffy formulierte im Geiste schon Samanthas scharfe Antwort – doch plötzlich löste sich die Traumwelt der Vergangenheit in einem roten Blitz auf. Mit einem Stöhnen stellte Buffy fest, daß sie aus dem Bett gefallen war.

„Buffy!“ rief ihre Mutter von unten aus dem Flur. „Alles in Ordnung mit dir?“

2

Im frühen Morgengrauen stand Buffy auf und begann ihr tägliches Ritual: Tai Chi-Übungen. Sie versuchte, nicht an den Traum zu denken. Was ihr in der Nacht so aufregend erschienen war, kam ihr nun ein bißchen unnatürlich vor. Am besten war es deshalb, sich zu entspannen, damit sie den Tag mit klarem Kopf beginnen konnte. Nach den Übungen überprüfte Buffy ihr Aussehen im Spiegel. Sie wäre fast ohnmächtig geworden: Auf ihrer Stirn prangte ein Bluterguß, der ungefähr die Ausmaße von Massachusetts hatte.

Beim Frühstück war ihre Mom mit der Werbung für die V.V. Vivaldi-Ausstellung in der Galerie beschäftigt. Sie fand aber trotzdem noch Zeit, Buffy zum x-ten Mal klarzumachen, daß ihre Haut nicht mehr lange jugendlich und makellos bleiben würde, wenn sie sich ständig irgendwo Schrammen und Beulen holte.

Buffy zuckte nur mit den Achseln. Gedankenverloren warf sie das Buttermesser in die offene Spülmaschine, die am anderen Ende der Küche stand. Das Messer flog wirbelnd durch die Luft und landete mit dem Griff nach oben im Besteckgestell.

In rascher Folge flog der Rest von Buffys Besteck hinterher. Jedes Teil landete sauber im Gestell. Buffy legte eine Pause ein und jonglierte mit dem Steakmesser, als wäre es ein Taktstock.

Mit weit offenem Mund starrte ihre Mutter sie an. „Buffy?“

Da erinnerte sich Buffy, daß sie Publikum hatte. „Das ist, äh, bloß was, was wir gerade in Hauwi durchnehmen.“ Mit diesen Worten warf sie das Steakmesser hinterher. Und traf voll daneben.

Buffy nahm ihr Glas und ging zur Spülmaschine.

„Ähm, jetzt warte mal einen Moment!“ unterbrach Mom. „Könntest du den Rest auf herkömmliche Weise einräumen?“

„Oh, mit Geschirr schmeißen wir nie.“

Ihre Mutter sah ziemlich erleichtert aus.

„Das ist erst im nächsten Kurs dran.“

Buffy ging wie benebelt zur Schule. Sie war durch den Traum so zerstreut, daß sie ihre Mutter etwas hatte sehen lassen, was sie nicht hätte sehen sollen. Der Trick mit dem Messer hatte Mom sofort an die Zeit erinnert, als Buffy die Turnhalle ihrer alten Schule niedergebrannt hatte – ein tiefschwarzer Fleck in den Familienannalen.

Mom hatte ihr ungefähr tausendmal gesagt, daß sie ihre Tochter für alle Zeiten aus dem Verkehr ziehen würde, wenn sie noch einmal etwas mitbekam, das nach dieser Art Ärger roch. Und Buffy glaubte ihr aufs Wort. Sie wollte Giles nicht erklären müssen, daß sie die Welt leider nicht vor einer Flut aufgebrachter Seelenfresser retten konnte, weil sie mit einer Kette an ihren Bettpfosten gefesselt war . . .

Der einzige Silberstreifen am Horizont war die Gewißheit, daß sie bald Willow über den Traum berichten konnte. Sie wollte es zuerst ihr erzählen – Giles würde nur mit einer nüchternen Erklärung kontern, gespickt mit Fakten und Theorien. Dieser Traum war zu phantastisch gewesen, um ihn einfach durch Argumente zerpflücken zu lassen. Buffy wollte sich die Erinnerung noch nicht verderben.

Wie sich herausstellte, war das einzige Problem Xander. Er kannte die Stundenpläne der beiden Freundinnen besser als sie selbst, und er ließ keine Gelegenheit aus, sich zu ihnen zu gesellen. Heute blieb er einfach kleben wie ’ne Klette, auch wenn Buffy und Willow sehr deutlich zum

Ausdruck brachten, daß er im Augenblick nicht gerade willkommen war. Buffy war deshalb vielleicht etwas rüder als sonst: Sie gab ihm schließlich zu verstehen, er solle sich zum Teufel scheren.

„Warum?" wunderte sich Xander. „Wir lernen *immer* zusammen in der Bibliothek ..."

Jetzt räusperte sich Giles auffällig. Aber er hob kaum den Blick von dem schweren, staubigen Wälzer, in dem er schon gelesen hatte, als die drei in den Raum gekommen waren.

„Sie auch – raus, bitte!" sagte Buffy. „Willow und ich müssen mal allein sein."

„Ach ja?" fragte Willow erstaunt.

„Ja. Du weißt doch, Frauensachen: Haare, Fingernägel ..."

„Kleider, Jungs", fuhr Willow hastig fort.

Giles klappte sein Buch zu. „Komm schon, Xander", sagte er mit gespielter Resignation, „auch eine Vampirjägerin braucht ab und zu mal einen privaten Augenblick. Außerdem können wir dann endlich mal gewisse astrologische Omen besprechen, die noch weiterer Erforschung bedürfen."

„Jetzt sofort?"

„Warum verweilen, wenn wir nicht erwünscht sind?"

„Ich will später den kompletten Bericht hören!" drohte Xander über die Schulter, während Giles ihn aus dem Raum schob.

„Er glaubt sicher, daß du mir aus deinem Liebesleben erzählen willst", flüsterte Willow, die ihre Spannung kaum verbergen konnte. „Geht's um Jungs? Du willst über Jungs reden, stimmt's?" Sie war sichtlich enttäuscht, als Buffy mit „Nein" konterte.

„Eigentlich nicht. Ich will mit dir über Geschichte reden."

„Du nimmst mich auf den Arm!"

„Nein. Ich hab 'n paar Fragen zu der Zeit der frühen Siedler. Hab wohl im Unterricht öfters nicht aufgepaßt."

„Klar. Was soll daran neu sein? Du hast von Jungs geträumt."

„Nein, ich hab ein paar Nickerchen gemacht – weil ich immer ganze Nächte lang unterwegs bin, um die Erde vor dem Abschaum der Unterwelt zu retten."

„Ich weiß schon, warum du dich plötzlich so sehr für Geschichte interessierst", meinte Willow jetzt. Sie stieß einen Seufzer aus, der ihre widerwillige Zustimmung ausdrückte. „Schließlich schreiben wir ja am Nachmittag diese Klausur."

Buffy wurde blaß vor Schreck. „Heute nachmittag? Heute? Oder am Nachmittag, aber morgen?"

Willow blickte auf ihre Uhr. „Heute. In zwanzig Minuten, um genau zu sein."

„Was für 'ne Art Arbeit ist das denn?"

„Wahrscheinlich Multiple-choice oder, besser gesagt, multiples Rumraten – in deinem Fall. So ist es einfacher für Mrs. Honegger. Sie kann Hausaufgaben genauso wenig ausstehen wie wir."

„Warum fragst du mich dann nicht einfach ein paar Sachen?" meinte Buffy und lockerte ihre Schultern wieder. Wenn sie versuchte, sich an Fakten für eine Klassenarbeit zu erinnern, wirkte Anspannung bei ihr immer kontraproduktiv. Wenn es um obskure Lehren über Vampire oder geistreiche Improvisation im Kampfgetümmel ging, war es allerdings gerade umgekehrt.

„Okay – in welchem Jahr wurde die Plymouth Colony gegründet?"

„1620!"

„Wer waren die Gründerväter?"

„Die Puritaner, die vor religiöser Verfolgung in England flohen."

„Und was wollten sie?“ fragte Willow und schloß halb die Augen.

„Einen Ort, wo sie frei ihre Religion ausüben konnten. Aber ab da fingen sie an, Scheiße zu bauen, denn die einzige Religion, die sie zuließen, war ihre eigene. Dissidenten wurden bestraft – ja verbannt! Wußtest du das?“

„Wußte ich. Wie hieß ihre Kolonie?“

„Massachusetts Bay Colony.“

„Welche Art Regierungssystem hatten sie?“

„Eine Theokratie, also eine Regierungsform, die von der Auslegung der Heiligen Schrift bestimmt wurde. Die Priester hatten 'nen ganz schönen Einfluß, weil die Gemeindeverwalter immer nach ihrer Einwilligung schielen mußten.“

Willow schürzte die Lippen. „Buffy, du hast ja doch gelernt. Ganz klammheimlich, was?“

„Ähm, ja.“

„Was weißt du über die Hexenprozesse von 1692?“

„Nicht gerade viel“, gab Buffy zu. „Ein paar Mädels in unserem Alter litten unter Krämpfen, vorübergehender Taubheit, Blindheit und Gedächtnisverlust, außerdem unter seltsamen Verletzungen und Narben auf der Haut. Die Ärzte wußten nicht, wie sie's nennen sollten, also lautete ihre Diagnose auf Hexerei! Und als dann noch die Priester, die Richter und die Sheriffs sich einmischten, ist die Panik voll ausgebrochen. Zur damaligen Zeit galt alles, was nicht anders erklärt werden konnte, als durch übernatürliche Mächte hervorgerufen!“

„Das hat uns Mrs. Honegger nie erzählt.“

„Wußtest du, daß eine der ersten, die der Hexerei bezichtigt wurden, eine Sklavin namens Tituba war? Sie hat den Mädels in dunklen Sturmnächten Märchen von Besessenheit und lebenden Toten erzählt. Tituba hat übrigens überlebt, weil sie widerrief und ihre Taten bereute. Mrs. Honegger glaubt, daß diese jungen Mädchen die Symptome vortäuschten. Aber das ganze Problem könnte auch einfach medizinischer oder psychologischer Natur sein! Oder vielleicht wollten sie bloß Aufmerksamkeit erregen ..."

Buffy wurde nachdenklich. „Weißt du, wenn man die sozialen und politischen Bedingungen der Kolonie zu der Sichtweise der Menschen in Beziehung setzt, die glaubten, der Teufel würde immer und ewig gegen sie arbeiten – dann waren die Hexenprozesse von Salem eigentlich unvermeidbar. Außerdem hatte der Hexenwahn in Europa schon jahrhundertelang gewütet. Dort wurden sie auf dem Scheiterhaufen verbrannt und nicht gehängt wie hier ..."

„Ich würde mir an deiner Stelle keine allzu großen Sorgen um die Arbeit machen", bemerkte Willow.

Gerade da kam Giles wieder herein, gefolgt von Xander, der es kaum schaffte, seine überbordende Heiterkeit zu verbergen. Giles hingegen hatte eine strenge Miene aufgesetzt.

„Ich hoffe, die Damen haben ihr kleines Gespräch unter vier Augen beendet", sagte er, „denn ich vermute, daß wir wieder mal kurz vor einer überaus brenzligen Situation stehen."

Buffy stieß einen Seufzer aus. „Wieder mal ein Notfall. Kein Problem – ich kann's vielleicht noch grade zwischen Geschichte und Mathe quetschen."

Xander brach in Kichern aus.

Giles blickte ihn strafend an. „Das ist nicht zum Lachen. Die menschliche Spezies könnte zum Untergang verurteilt sein!"

„Tut mir leid", sagte Xander in einem Ton, der anzeigte, daß er die Sache nicht ganz so sah. „Ihr regt euch tierisch über 'ne Prophezeiung auf, die so ein Typ vor zweihundert Jahren von sich gegeben hat – und sogar ihr müßt zugeben, daß er ziemlich bekloppt war."

„Er hört sich nicht besonders verläßlich an", gab Willow zu, während Buffy Xander ein Zeichen machte, er solle das Feixen lassen. Was er auch tat, obwohl es ihm sichtlich schwerfiel.

Giles räusperte sich, dann legte er richtig los: „Ich habe den *Eibon* studiert. Das ist das bekannteste Buch über Prophezeiungen – mit Ausnahme vielleicht zweier verlorener Bücher, die in der ostindischen Mythologie erwähnt werden, im *Mahabharata*. Im Gegensatz zu jenen beiden verlorenen Büchern ist uns der *Eibon* erhalten geblieben. Eine der ersten Abschriften befindet sich stets im Besitz des Wächters, sie wird ihm von seinem Vorgänger übergeben.

Ihr habt natürlich von Nostradamus, Cayce und Criswell gehört, den berühmten Propheten der Moderne. Sie konnten weit voraus in die Zukunft blicken und haben ihre Visionen in der Hoffnung aufgeschrieben, daß sie an kommende Generationen überliefert werden. Ihre wichtigsten Voraussagen sind eher vage, so daß man eine Vielzahl unterschiedlicher Bedeutungen hinein interpretieren kann.

So glauben zum Beispiel manche Leute, daß Nostradamus den Einsatz von Flugzeugen und Panzern als Waffen im Ersten Weltkrieg vorausgesagt hat. Andere verstehen dieselbe Textstelle so, daß sie die Ankunft dieses tropischen Wetterphänomens, el niño, prophezeit. Meiner Meinung nach haben beide Seiten unrecht, aber mich hat ja in letzter Zeit keiner nach meiner Meinung gefragt."

„Ist das so überraschend?" fragte Xander, der der Versuchung nicht widerstehen konnte. Er war etwas enttäuscht, als die anderen seine Bemerkung geflissentlich überhörten.

„Der berühmteste unter den Propheten war der verrückte österreichische Häretiker Prinz Ashton Eisenberg V., der von 1692 bis 1776 lebte. Kurz vor seinem Tod, als er in der Pariser Bastille eingekerkert war – leider hatte man ihn in einer peinlichen Situation erwischt – schrieb er ein Buch der Prophezeiungen. Dieses Buch ist in seiner Genauigkeit unübertroffen. Wenn er schreibt, daß in der Neuen Welt einst die Armee des Schlangenbruders die Armee des Schmarotzerbruders verschlingen wird, bezieht er sich offensichtlich auf den amerikanischen Bürgerkrieg, der etwa ein Jahrhundert später stattfand."

„Offensichtlich", stimmte Willow zu.

Giles, der nun einmal in Fluß gekommen war, fuhr fort: „Prinz Ashton Eisenbergs berühmteste Voraussage wird *Eisenbergs Prophezeiung des Doppelten Duells* genannt. Sie ist die verschwommenste aller seiner Voraussagen. Roh aus seinem österreichischen Dialekt übersetzt, sagt sie folgendes:

Es kam eine Zeit, in der Planeten und Sterne im Einklang waren.
Eine Zeit, in der das, was gewesen, wieder sein sollte,
Und das, was einst getan wurde, wieder getan wurde.
Eine Zeit, in der ein großes Tier an Land kroch,
Ein Tier, gegen das es keine Wehr, aber doch Hoffnung gab.
Ein Tier, das von jenen, die reinen Herzens sind, bezwungen wird.
Solch eine Zeit wird wiederkehren,
So sicher, wie die Sterne eines Tages wieder im Einklang sein werden.
Und in dieser Zeit wird ein anderes Tier sich erheben,
Ein Tier, das anders von Gestalt, doch gleich im Geiste sein wird.
Und wie sein Brudertier aus vergangenen Tagen wird es versuchen
Den Mond zu stehlen, die Sonne zu verschlingen und auf Erden zu wandeln.
Um vielleicht einen Dolch in das Herz des Schicksals zu treiben.

„Interessant, meint ihr nicht auch?" Begierig wartete Giles auf ihre Antwort.

„Also, ehrlich gesagt – ich hatte eher an ‚weit hergeholt' gedacht", sagte Xander.

„Ich glaube, diesmal schließe ich mich Xanders Meinung an", bestätigte Buffy. „Sagen Sie uns doch noch mal, wie genau dieser Typ etwas prophezeien konnte ..."

„... wenn's um andere Sachen als diese Tierstory ging", vollendete Willow den Satz.

Giles lächelte müde: „Es gibt Leute, die glauben, Prinz Ashton Eisenberg habe vorausgesehen, daß man einmal bei Nacht Baseball spielen wird."

„Vor oder nach der Erfindung des Satellitenfernsehens?" fragte der gescheite Xander.

„Davor."

„Wow!" stieß Xander beeindruckt hervor. „Der Typ war aber wirklich gut."

„Okay. Wann wollte denn dieses erste große Tier auf der Erde wandeln?" fragte Willow.

„Das fragliche Tier war ein gräßliches Ungeheuer, das man den *Verachteten* nannte. Der Verachtete versuchte, aus der Unterwelt aufzutauchen, und zwar etwa um Prinz Ashtons Geburt herum."

„1692!" rief Buffy aus.

„Und es geschah irgendwo in der Neuen Welt. Nun bin ich zwar mit euch einer Meinung, daß der alte Ashton nicht ganz zurechnungsfähig war, aber er ist eine der Hauptsäulen in der Welt des Okkulten, weil so viele seiner Prophezeiungen wahr geworden sind. Er behauptete, der Geist des Verachteten rede von Zeit zu Zeit mit ihm. Er schlage ihm Strategien vor, wie das traditionelle Gleichgewicht zwischen Gut und Böse verschoben werden könne. Ashtons Annäherung an das Okkulte war eher wissenschaftlich geprägt, und als eine seiner Routineuntersuchungen die Informationen des Tieres bestätigte, erkannte er, daß die Strategie des Verachteten sich wiederholen könnte. Doch nur zu besonderen Zeiten, wenn besondere Umstände zusammenkommen.

Über viele der Bedingungen weiß ich nicht Bescheid, aber die gegenwärtige Konstellation der Sterne stimmt. Das bedeutet, daß wir schon mittendrin sind – und es noch nicht einmal wahrgenommen haben."

„1692", sagte Xander ernüchtert. „Das ist doch das Jahr der Hexenprozesse von Salem. Zufälligerweise eines der Themen, über die wir heute 'ne Geschichtsarbeit schreiben müssen."

Da bimmelte die Schulglocke; die Bibliotheksstunde war vorbei.

„Eine Arbeit, die zufällig genau jetzt anfängt", schloß Willow.

In dem Augenblick, als Buffy ihren Kugelschreiber hinlegte, wußte sie schon, daß sie die Arbeit glänzend bestanden hatte. Die Antworten waren ihr so schnell in den Sinn gekommen, daß sie sich in ihrem Eifer bremsen mußte – nur für den Fall, daß Mrs. Honegger ein paar Fangfragen untergemogelt hatte.

In der Nacht stahl Buffy sich wieder einmal von zu Hause fort. Diesmal, um den Plan eines verrückten Zirkusclowns zu vereiteln, der die gesamte Rattenpopulation von Sunnydale mit Piranha-DNA impfen wollte. Wie es schien, hegte der Clown einen Groll gegen die Stadt – wegen irgendeiner zufälligen Geschichte, die er hier in seiner Jugend erlitten hatte.

Buffy hatte Erfolg – wenn auch erst, als der Clown von seinen eigenen mutierten Geschöpfen verschlungen worden war. Während sie durch einen überfluteten Keller kroch, um der Herde rasender Nagetiere auszuweichen, fing sie sich allerdings eine dicke Erkältung ein.

Als alle Ratten schließlich auf einem riesigen Haufen

lagen, konnte Buffy schon kaum mehr Luft kriegen. Sie schwitzte, als hätte sie an einem 35-Grad-im-Schatten-Tag einen superanstrengenden Workout hinter sich gebracht.

Sobald sie sich zu Hause wieder hereingeschmuggelt hatte, nahm sie eine kalte Dusche, um ihre Temperatur herunterzufahren. Und wieder schlief sie ein, kaum daß ihr Kopf das Kissen berührte. Ihr Haar war immer noch in ein Handtuch gewickelt, und ihre Körpertemperatur schien nicht einmal um ein Grad gesunken zu sein.

Buffy fiel durch einen nicht enden wollenden Tunnel, ihr Bewußtsein landete auf einer Ebene des Nichts. Und dann war sie zurück. Zurück als Samantha Kane, furchtlose Hexenjägerin in Massachusetts im Jahre 1692. Aber der Galgen von Salem, die wütenden Männer und Heather Putnam samt ihren Mitverschwörerinnen waren verschwunden.

Samantha ritt allein durch einen Wald. Es war heller Tag, und sie stand vor einem Kreuzweg. Bis hierhin war sie den Fußspuren der entflohenen Sarah Dinsdale gefolgt, doch nun hörten sie plötzlich auf.

„Macht nichts", hörte Buffy Samantha denken, „sie wird sich schon irgendwie zeigen. Das tut sie immer."

In den Strahlen der untergehenden Sonne blinkte auf dem östlichen der vier Wege etwas auf. Samantha zügelte ihr Pferd und lenkte es dann auf die Stelle zu, wo sie das Blinken gesehen hatte.

„So, wie du diese Stute behandelst", murmelte Buffy im Schlaf, „ist es geradezu ein Wunder, daß sie dich noch nicht in ein Gestrüpp abgeworfen hat."

Samantha stieg ab. Sie zerrte ein grell oranges Stückchen Stoff, das die Form eines „H" hatte, von einem Brombeerstrauch, in dem es sich verfangen hatte. „H" war das Zeichen der Hexen – man pflegte es den Gefährtinnen des Teufels auf die Kleidung zu nähen, wenn das Urteil gefällt war. Eines war nun klar: Sarah Dinsdale hatte den Weg nach Osten genommen.

Jetzt trieb Samantha ihr Pferd an. Um diese Jahreszeit wurde es rasch dunkel, und die Jägerin wußte, daß sie Sarah Dinsdale bald aufspüren mußte, wenn sie sie nicht in der Finsternis verlieren wollte. Doch das letzte Licht der Abenddämmerung enthüllte keine weiteren Zeichen, die bewiesen, daß die Hexe diesen Weg gegangen war.

Samantha hielt schließlich ihr Pferd an und schäumte vor Wut. Daß sie sich von einer einfachen Hexe dermaßen aus dem Konzept bringen ließ! Sie kam sich sehr dumm vor, und das trieb sie zur Weißglut.

Plötzlich machte der Traum einen Zeitsprung in die tiefe Nacht. Die Jägerin aus dem siebzehnten Jahrhundert saß am Lagerfeuer. Sie war allein, kein Hexenfänger leistete ihr Gesellschaft. Sogar die Leiche einer Hexe wäre ein Gewinn gewesen – dann hätte Samantha immerhin die Befriedigung einer getanen Arbeit gehabt.

Der Wald war ganz still. Nirgendwo raschelte ein Käfer oder schrie ein Tier in der Nacht. Nicht einmal ein Windstoß fuhr durch die Bäume. Samantha wußte, daß diese Stille unnatürlich war. Für gewöhnlich war der Wald kein ruhiger Ort, er vibrierte geradezu vor Leben. Nur wenn die Gegenwart einer bösen Macht ihn dazu zwang, erstarrte er.

Die Jägerin gähnte. Sie war seit drei Wochen ununterbrochen gereist und hatte erwartet, sich wenigstens in Salem ausruhen zu können. Sie brauchte Zeit, um sich zu erholen und über einige Dinge nachzudenken. Doch es sah nicht so aus, als sei ihr bald eine Pause gegönnt.

Mit den Zähnen riß sie ein Stück Trockenfleisch ab, setzte sich auf einen Baumstamm und starrte ins Feuer. Samantha bereute es ganz und gar nicht, die Jägerin ihrer Generation zu sein – es gefiel ihr sogar ziemlich gut, die Welt von Monstren zu befreien. Aber was sie gar nicht mochte, waren diese einsamen Nächte.

Sie dachte an Wege, die sie hätte einschlagen können,

an Möglichkeiten, die ihr Gott scheinbar vor Millionen von Jahren eröffnet hatte. In Wirklichkeit war es erst acht Jahre her, daß Samantha ihre Aufgabe übernommen hatte, doch jedes Jahr war ihr wie ein ganzes Leben vorgekommen.

Was war das? Sie hörte einen Laut, doch er erstarb so schnell, wie er erklungen war. Dort, im Unterholz ... Samantha nahm ihr Gewehr in die Hand – sie hatte erst heute morgen Pulver nachgefüllt – und langte mit der anderen nach einem Scheit aus dem Feuer, das ihr als Fackel dienen sollte, und tastete sich langsam vor.

Jedes Geräusch erschien ihr übermäßig laut: die zermalmten Kiesel unter ihrem Schuh, das leise Rascheln, wenn sie einen Zweig beiseite schob, um besser durch das Unterholz spähen zu können. Doch nichts erschien ihr so lärmend wie das Hämmern ihres Herzens; sie war überzeugt davon, daß man den Donner in ihrer Brust und ihren Schläfen bis New York hören konnte.

Da bewegte sich auf dem Boden plötzlich ein Haufen aus Zweigen und Laub.

Das Donnern hörte auf – Samanthas Herz fühlte sich jetzt an, als würde es nicht mehr schlagen. Ein bittersüßer Geschmack in ihrem Mund kam der Furcht zuvor: Es war der Geschmack, den sie empfand, wenn eine Ausgeburt der Hölle in ihrer Nähe war. Jede Möglichkeit, die Erde von diesen Kreaturen reinzufegen, ließ sie mit allen Sinnen spüren, daß sie lebendig war. Und jedes Abenteuer löschte tausend Dinge aus, denen sie nachtrauerte.

Samantha näherte sich langsam. Sie wünschte nur, einen dritten Arm zu haben, mit dem sie auch ihr Rapier halten könnte. Sie schwenkte ihre Fackel und schrie laut in die Stille hinein. Das war vielleicht nicht besonders vorsichtig, aber bestimmte Impulse im Angesicht der Gefahr gehörten eben zu ihren leicht selbstzerstörerischen Charakterzügen.

Der Schrei wirkte. Da sprang *es* aus dem Laub! Und es griff an wie eine Riesenspinne, wackelte bei jeder Vorwärtsbewegung von einer Seite zur anderen, verlor aber sein Ziel keinen Moment aus den Augen: Es kam geradewegs auf Samantha Kane zu! Es sprang und packte Samanthas Hals mit grauen, verwesenden Fingern, die eine erstaunliche Kraft besaßen. Mit aller Macht drückten sie Samantha die Kehle zu.

Die Jägerin ließ Fackel und Waffe fallen und packte es am Armstumpf. Mehr war dort nicht – eine Hand ohne Körper, die sich dennoch allein bewegen konnte, nach eigenem Willen. Samantha konnte die Finger einfach nicht von ihrer Kehle lösen. Ihre Lungen drohten zu explodieren.

Plötzlich besann sie sich auf ihr Messer: Sie konnte versuchen, die Hand zu zerstören. Die Haut abzuziehen war einfach – die Hand war ungefähr so groß wie ein Kaninchen, und diesen Tieren hatte Samantha schon oft das Fell über die Ohren gezogen.

Sie machte sich an den Sehnen zu schaffen, doch die Knochen der Hand drückten erbarmungslos zu, als sei nichts geschehen. Dieses Ding schien keine Sehnen zu brauchen – das war genau die Art niederträchtiger Hexerei, die Samantha erwartet hatte. Finger für Finger trennte sie die Knochen von der Hand ab. Doch sogar ohne Handfläche hielten die Finger ihre Kehle umklammert. Samantha mußte sie einzeln brechen und abreißen.

Sie kochte vor Wut und zitterte vor Ekel. Mit dem einfachsten aller Köder hatte die Hexe sie in die Falle gelockt. Das nagte wirklich an Samanthas Stolz: Sie war die beste Jägerin und Fährtensucherin der Kolonien im Norden, die nicht die Kriegsbemalung der unchristlichen Heiden trug – und nun war sie wie eine Anfängerin ausgetrickst worden!

Sie holte eine frische Fackel aus dem Feuer und spähte

mit einem wachsenden Gefühl des Schreckens ins Unterholz. Dort tauchten nun weitere Körperteile auf: zunächst wieder eine Hand, die auf ihren eigenen Fingern lief. Ein ganzer Arm und zwei halbe rollten auf sie zu. Ein Kopf war immerhin noch angewachsen – aber an einem Torso ohne Beine. So mußten Kopf und Torso sich mit Hilfe von Zähnen und Kinn vorwärts ziehen, wodurch das verweste Fleisch schon beträchtlich in Mitleidenschaft gezogen worden war.

Die Augen blickten geradeaus – auf Samantha. Der Kopf neigte sich zur Seite, um leichter sprechen zu können. „Samantha", brachte der zerfetzte Mund heraus. „Ich bin gekommen, dich zu holen. Warte auf mich . . ."

Nun endlich begriff Samantha, was hier geschehen war: Sarah Dinsdale hatte ihre Hexerei benutzt, als sie auf diesen armen Teufel gestoßen war. Sie hatte ihn wahrscheinlich eigenhändig in Stücke gerissen – und dann einen Fluch über die Körperteile gesprochen, die auf Samantha warten und sie töten sollten.

Sorgfältig zielte sie mit ihrem Gewehr auf den Kopf. Sie gab einen einzigen Schuß ab, und der körperlose Schädel barst in alle Richtungen. Das hinderte jedoch die anderen Körperteile keineswegs daran, zum Angriff vorzurücken.

Offenbar war die Zeit des Abschieds gekommen. Samantha trat das Feuer aus, bestieg ihr Pferd und machte sich so schnell wie möglich davon. Über ihr leuchtete der Mond.

3

Die Versammlung war ein spontanes Fest, zu dem jeder eingeladen war. Sie wurde in einer riesigen Grotte abseits der Haupthöhle gehalten und von tiefglühenden Feuern erhellt.

Jeder normale Mensch hätte die Hitze unerträglich gefunden, doch die Versammelten empfanden sie eher als angenehm. Die Menge richtete ihre Aufmerksamkeit auf die Bühne, wo vor einem Porträt des Meisters, das die gesamte Wand einnahm, ein Podium stand.

Genauso spontan wie das Treffen waren die betäubenden Hurra-Rufe, in die auf Geheiß einiger Anhänger die Menge ausbrach, als der Meister die Bühne betrat. Dann stand er mitten im Licht. Er verbeugte sich mehrmals, winkte einigen Dämonen zu, mit denen ihn eine besondere berufliche Beziehung verband, und sonnte sich in der allgemeinen Verehrung.

Das Ganze wurde gekrönt von einem unangekündigten Auftritt des größten, furchtbarsten gefallenen Engels in der Geschichte des Bösen – es war der alte Pferdefuß höchstpersönlich! Er hielt dem fassungslosen Meister eine Tafel vor, auf der stand: „Der Meister alles Bösen, ausgenommen des Teufels in Person.“

„Sir! Soll das bedeuten, Ihr laßt mich frei?“

„Keine Chance“, gab der Teufel zurück und wurde mit einem beifälligen Lachen der Menge belohnt. „Und jetzt fort mit dir, Bursche, du langweilst mich!“

Die Menge grölte, als sie sah, wie sich der Meister rotglühend vor Scham und Verzweiflung krümmte. Dann streckte der Meister die Hände nach den Hufen des Teufels aus. „Tut es nicht! Ich flehe Euch an! Sagt mir nur, was

Ihr mit mir tun wollt, und ich werde das gleiche unbeschreibliche Grauen an einem anderen vollführen! Bitte!“

Der alte Pferdefuß gab keine Antwort. Er ließ sich nicht einmal zu jenem gräßlichen Gurgeln mit heißem Blut hinreißen, mit dem er jeden Diener zu bestrafen pflegte, der seine Gebote übertreten hatte. Und plötzlich waren auch die großen, steinharten Hufe nicht mehr da!

Der Meister wagte es, zu seinem Herrn aufzublicken – der Teufel war spurlos verschwunden. Ebenso die Menge, das Licht und die Bühne. Der Meister befand sich wieder in seinem unterirdischen Gefängnis und wälzte sich auf dem Boden. Er hatte geschlafen. Einen Alptraum gehabt.

Die billige Ironie der Situation war ihm nicht entgangen: Auch er hatte Träume benutzt, um zu seinen Zielen zu gelangen. Er fand es beachtenswert, daß ihn sein eigenes Unterbewußtsein daran erinnert hatte, welch eine gewaltige, unberechenbare Macht Träume sein konnten.

Andere besaßen nicht diese einzigartige Einsicht in die übernatürliche Ordnung der Dinge. Und weil ihnen dieses Wissen abging, waren die *Jägerin*, der *Wächter* und alle ihre lächerlichen Lakaien zum Untergang verdammt – dessen war er sich sicher. Und er, der Meister, würde bald aufs neue in seinem Reich herrschen.

Der Meister lachte, bis das Echo in den Gängen wie ein Schrei aus einem unendlichen Abgrund widerhallte. Sogar seine Anhänger, die geglaubt hatten, sie seien immun gegen die elende Angst, zitterten auf ihren dreizehigen Füßen.

Xander und Willow holten Buffy auf dem Schulweg ein. Weil die beiden seit ihrer Kinderzeit befreundet waren, hatten sie öfters etwas zu erzählen, zu dem Buffy nichts beisteuern konnte. Heute war sie ganz froh darüber: Die Geschichten ihrer Freunde aus der Zeit im Kindergarten ließen ihr Muße, über ihre Träume nachzudenken. Nach allem, was Giles erzählt hatte, mußten diese Träume mit Argwohn betrachtet werden.

Buffy merkte langsam, daß sie Dinge über die Menschen aus Salem wußte, die sie niemals in einem Buch gelesen haben konnte – zum Beispiel wußte sie von der Freude, die wie ein Blitz durch Samantha Kane gefahren war, als sie ihren ersten Vampir getötet hatte.

Aus dem Augenwinkel sah Buffy plötzlich, daß jemand unbedingt mit ihnen sprechen wollte, als die drei nur noch wenige Blocks von der Sunnydale High School entfernt waren. Dieser Jemand war ein älterer Mann in einem sackartigen Anzug mit Krawatte und einem verbeulten Hut. Er trug eine große, altmodische Kamera bei sich.

„Sie sind der Zeitungsreporter, den ich letzte Woche in der Glotze gesehen hab", fing Xander an, bevor der Mann auch nur den Mund aufmachen konnte. „Er glaubt, daß der Rinderwahnsinn von den Geistern der Büffel ausgelöst wurde, die man gezwungen hatte, den Atlantik zu überqueren, um in Buffalo Bills Wildwest-Show aufzutreten, die 1890 quer durch Europa tourte!"

„Nein, nein, es war ein bißchen komplizierter", wehrte sich der Mann. „Mein Zitat war aus dem Zusammenhang gerissen."

„Dieser Herr ist oft in *Verschwörung der Woche* zu sehen", erklärte Xander den Mädchen. „Ich komme grad bloß nicht auf seinen Namen . . ."

„Darryl MacGovern", half der Reporter aus.

„Von ihm ist auch die Story vom Ausbruch der dreibeinigen Frösche in Spokane, Washington", fuhr Xander fort. „Und er behauptet, die Zeichentrickshow *Teenage Mutant Two-Fisted Possums* ist in Wirklichkeit Propaganda von irgendwelchen Aliens, die uns auf ihr Aussehen vorbereiten wollen, wenn sie unseren Planeten erobern!"

„Das habe ich nie gesagt!" protestierte MacGovern. „Jedenfalls nicht genau so!"

„Sie arbeiten also fürs Fernsehen?" fragte Willow und versuchte, ihre Frage nüchtern klingen zu lassen.

„Nein, die brauchen mich nur für diese Verschwörungssache, wenn sie keine anderen Reißer auftreiben können."

„Also, wenn Sie nur stundenweise da arbeiten, wo sind Sie dann sonst?" fragte Buffy mißtrauisch.

„Bei der *Clayton Press*", erwiderte MacGovern. „Nun ja, um ehrlich zu sein, ich habe da mal gearbeitet. Vor drei Wochen hat mich der Herausgeber gefeuert. Offenbar fand er, daß meine häufigen Auftritte in einer Show über Verschwörungstheorien meiner Integrität als Reporter schaden." Er schnaubte verächtlich. „Als ob es so etwas überhaupt gäbe."

„Es ist eine schlechte Welt, aber manchmal auch eine gerechte", schloß Xander.

„Und was bringt Sie nun zur Sunnydale High?" fragte Buffy in unschuldigem Ton, obwohl sie eine dumpfe Vorahnung hatte.

„Eine Story!" rief MacGovern begeistert. „Eine so phantastische Story, daß die Zeitung mich auf Knien anflehen wird zurückzukommen. Aber ich werde mir dann einen solchen Namen gemacht haben, daß ich meine eigene Show starten kann."

„Auf Kanal drei?" wollte Willow wissen.

„Nein! Auf dem *Occult Channel*!" schrie MacGovern fast. „Ich mache nur noch Kabelfernsehen!"

„Sie mögen ja 'ne Story riechen", meinte Buffy, „ich rieche nur 'ne Ratte!"

MacGovern beugte sich zu ihr vor. „Vielleicht kannst du mir helfen. Wie ich erfahren habe, sollen in letzter Zeit sehr viele seltsame Dinge in Sunnydale passiert sein."

„Reißen Sie keine Witze!" meinte Buffy knochentrokken. „Mir hat keiner was erzählt!"

„Ist überhaupt ziemlich verschlafen hier", fügte Xander hinzu. Zur Bekräftigung gähnte er herzhaft.

„Ich habe diese Gabe, über Dinge zu stolpern, die einer rationalen Erklärung trotzen“, erklärte der Reporter. „Das Schlimme ist nur – egal, was ich tue, egal, wie vorsichtig ich bin, ich kann nie zum Grund einer Story vordringen, ohne alle greifbaren Beweise zu verlieren.“

„Und warum sind Sie dann hier?“ fragte Willow lächelnd. Sie konnte nicht anders, sie fand diesen Typen komisch.

„Vor ein paar Wochen hab ich gemerkt, daß ich aus einer Art Wolke herauskam. Irgendwas hatte monatelang an mir genagt, und doch hätte ich nicht sagen können, was es war. Ich meine, ich muß doch schließlich wissen, ob eine Sache mich angeht oder überhaupt nichts für mich ist. Versteht ihr, was ich meine?“

Buffy spürte ein flaues Gefühl im Magen. Ihr war, als hätte man McGovern in eine Schlucht geschmissen und wollte bald dasselbe mit ihr tun.

„Mir wurde dann klar, daß ich 'ne ganze Menge unbestätigte Gerüchte über seltsame Vorkommnisse in Sunnydale gehört hatte. Nachdem ich alles mögliche darüber auf den Verschwörungsseiten im Internet gesucht hatte, dehnte ich meine Recherche auch auf die Web-Seiten der *Clayton Press* und anderer lokaler Presseorgane aus. Und wißt ihr, was ich fand? Natürlich wißt ihr es nicht. Ich fand gar nichts.“

Die drei Teenager blickten ihn verwirrt an.

„Nichts?“ wiederholte Willow.

„Ganz genau! Und darum geht's ja gerade!“

„Nun machen Sie mal halblang“, sagte Willow fast mitleidig. „Sie sehen wirklich ein bißchen blaß aus. Nehmen Sie auch immer brav Ihre Multimineral-Tabletten?“

„Hört zu! In keiner Stadt gibt es gar nichts. Jeder hat etwas. Etwas zu verbergen. Etwas zu verleugnen . . .“

„Also, wir nicht!“ betonte Xander.

„Genau", stimmte Buffy zu. „Wir haben überhaupt nichts ges . . ." Sie hielt abrupt inne. „Wo war ich gerade?"

Ein peinliches Schweigen breitete sich zwischen dem Reporter und den drei Freunden aus. Buffy kochte. Das Schicksal hatte sie in Gestalt dieses neugierigen, plattfüßigen Reporters erwischt, und nun mußte sie sich höllisch anstrengen, um ihre Gefühle nicht zu zeigen. Da die meisten Leute sowieso nicht glauben, was sie vor sich sehen, hatte sie es meist leicht gehabt, ein normales Leben vorzutäuschen. Doch nun spielte ihr genau dieses Verstellspiel einen üblen Streich. Sie fragte sich, wie viele Leute noch davon erfahren hatten, was in Sunnydale – dem Ort des Höllenschlundes – passiert war.

„Also – was wollen Sie uns jetzt erzählen?" fragte Willow in aggressivem Ton, der für sie sehr ungewöhnlich war.

„Nichts!" erwiderte MacGovern mühsam.

„Sie wollen uns erzählen, daß Sie nach ‚nichts' jagen?" Buffy sprach so langsam, als redete sie mit einem Kind.

„Genau!" MacGovern schien ganz aufgeregt, daß ihn endlich jemand verstanden hatte. „Ich werde dieses ‚Nichts' finden und es als ‚Etwas' aufdecken!"

„Äh, ich muß jetzt echt los!" warf Xander plötzlich ein. Er nahm MacGoverns Hand und schüttelte sie kräftig. „Komme sonst zu spät!"

„Wir dürfen unseren Appell nicht verpassen!" fügte Willow hinzu.

„War nett, Sie kennenzulernen", sagte Buffy und ging den anderen voran. „Viel Glück beim Nichtsfinden."

„Nun, Giles, suchen Sie immer noch nach Vorzeichen der schrecklichen Dinge, die da kommen sollen?" fragte Xander forsch, als er mit Buffy und Willow die Bibliothek betrat.

„Über den *Eibon* scherzt man nicht!" erwiderte Giles streng.

„Was wissen wir eigentlich noch über diesen Prinzen

Ashton Eisenberg – außer der Tatsache, daß er nicht alle Tassen im Schrank hatte?“ fragte Willow.

„Zuverlässige Quellen belegen, daß er an spontaner Verbrennung gestorben ist“, erklärte Giles. „Das heißt, er ging plötzlich ganz von selbst in Flammen auf, ohne daß Brennstoff oder ein Streichholz benutzt worden wäre.“

„Faszinierend“, meinte Buffy. „Aber wir haben jetzt ein anderes Problem.“

„Dann erzähl du zuerst“, sagte Giles lächelnd.

Rasch berichtete sie Giles über die Begegnung mit Darryl MacGovern.

„Das ist schlimm, was?“ meinte Xander.

„Schlimm? Es ist eine Katastrophe!“ rief Giles. „Dieser MacGovern ist ein echter ‚Jägerazzi‘! In Gelehrtenkreisen, die sich mit dem Okkulten befassen, ist er als regelrechte Seuche verschrien. Er gibt nicht auf, bis er seine Story hat – oder in einer Sackgasse steckenbleibt.“

„Wir können ihm jederzeit Xander als falschen Köder hinschmeißen, bis wir ihn von der Fährte abgebracht haben“, schlug Willow mit einem Seufzer vor.

„Herzlichen Dank!“ meinte Xander.

„Das ist ein guter Plan“, sagte Giles, „aber ich wette, MacGovern ist bloß der Bauer in einem größeren Spiel. Er könnte einfach nur ein unbedeutender kleiner Fisch sein, den man uns zur Ablenkung vorhält, während die wirklichen Drahtzieher ganz woanders sitzen.“

„Vielleicht sollten wir ihn dem Meister vorstellen“, schlug Xander vor. „Dann kann MacGovern *ihn* wegen der Exklusivrechte anbaggern.“

„Das könnten wir tun. Aber es wäre falsch“, entschied Willow.

„Giles, was meinten Sie, als Sie sagten: ‚Erzähl du zuerst‘?“

„Ich hatte letzte Nacht einen Traum, der mich sehr durcheinandergebracht hat“, erklärte Giles.

Buffy biß sich buchstäblich auf die Zunge.

„Der Traum war so lebendig, so wirklich – ganz anders als jeder andere Traum, den ich je hatte. Denn letzten Endes war er eine zusammenhängende Erzählung – wenigstens insoweit, wie die darin geschilderten Ereignisse es zuließen."

„Waren das historische Ereignisse?" fragte Buffy.

„So gut ich das beurteilen kann, ja. Es war ganz klar ein Traum über einen Menschen, der früher einmal gelebt hat. Ich hatte schon lange vermutet, daß ich die Reinkarnation eines oder zweier früherer Wächter bin, aber in meinen wildesten Träumen hätte ich nicht geglaubt, daß ich im Geiste dem legendären Wächter Robert Erwin verwandt sein könnte. Er lebte im späten siebzehnten Jahrhundert."

„Was haben Sie in dem Traum getan?" erkundigte sich Willow.

„Nicht sehr viel", antwortete Giles. „Ich war wohl einem schlimmen Fieber zum Opfer gefallen und lag im Delirium. Robert Erwin nahm an, daß dieses Fieber auf eine übernatürliche Ursache zurückzuführen sei, und ich würde in dieser Hinsicht mit ihm übereinstimmen."

„Ach, jetzt hören Sie aber auf!" rief Xander. „Das Übernatürliche kann nun wirklich nicht für alles herhalten! Vielleicht war der Mann einfach nur so krank!"

„Das mag sein. Aber ich erinnere mich sehr gut an seine Wahnvorstellungen", sagte Giles. „Jedenfalls wurde Erwin in Boston von einem Wirt und dessen Frau gepflegt. Natürlich machte er sich Sorgen, was die Jägerin seiner Epoche ohne seine Hilfe noch ausrichten konnte."

„Wer war sie?" fragte Buffy nur. Sie wollte lieber hören, was Giles zu sagen hatte, bevor sie mit ihren Träumen herausrückte.

„Ihr Name war Samantha Kane, und sie hatte sich einen ganz besonderen Ruf erworben. In Briefen und offiziellen Verlautbarungen wurde sie als eine Art Jeanne d'Arc beschrieben, da sie mit Leichtigkeit Taten vollbringen konnte, die man früher gemeinhin nur Männern zutraute."

„Ich mag sie jetzt schon gern", sagte Willow verschmitzt.

„Ich auch", stimmte Giles zu. „Leider scheint es aber so, daß der arme Robert Erwin Samantha Kane bei ihrer Aufgabe nicht mehr beistehen konnte. Er starb am Fieber, und sie verschwand um 1692, auf dem Höhepunkt der berüchtigten Hexenprozesse von Salem, spurlos von der Bildfläche."

„Na, das wird ja reizend", stöhnte Buffy. Und dann gab sie ihre Geschichte zum besten.

4

„Sind Sie sicher, daß wir das tun sollten?“ fragte Buffy Giles, während sie geschickt einen Hieb seines Kitana – eines japanischen Übungsschwertes – mit ihrem Stock abwehrte. „Haben Sie denn keine Angst, daß MacGovern uns ständig beobachtet?“ Sie wechselte das Standbein und schwang die Waffe seitlich, worauf Giles das Gleichgewicht verlor.

Mit einem lauten Plumps landete er auf seinem verlängerten Rücken. „Natürlich tut er das“, brachte er keuchend hervor. Dann setzte er sich auf und hustete. „Aber wahrscheinlich wird er versuchen, die Geschichte zu belegen, bevor er sie verkauft. Immerhin muß er eine ganze Show mit dem Stoff bestreiten. Und er muß darauf vorbereitet sein, die Story in den Nachrichten diverser Kabelkanäle zu verteidigen.“

Buffy streckte ihm die Hand hin und half ihm auf. „Wo hast du denn das gelernt?“ fragte Giles sie verwundert.

„In einem dieser alten Schinken im Fernsehen“, erwiderte Buffy. „Da spielte irgend so ‘n Berühmter mit – Flynn, oder vielleicht dieser, wie heißt er noch mal, Lancaster, ich weiß nicht mehr. Sind wir jetzt fertig?“

„Nein, wir müssen die Stunde komplett machen.“ Giles rieb sich die schmerzende Stelle und stöhnte. „So schwer es auch fallen mag.“

„Okay! Aber sagen Sie nicht, ich hätte Sie nicht gewarnt – ich hab in letzter Zeit nämlich ‘ne Menge alter Filme gesehen.“

„Das hatte ich schon befürchtet.“ Mit steifen Gliedern nahm Giles eine Kampfhaltung ein. „Das hier nennt man die Wombatstellung.“

„Sieht mir eher nach besoffenem Eichhörnchen aus!" kicherte Buffy.

Giles machte einen seitlichen Ausfall mit dem Kitana. Als Buffy dem Schlag mit Leichtigkeit auswich, packte er sie am Arm, zog sie heran und versuchte, sie über seine Schulter zu werfen. Aber Buffy war zu schnell; sie nutzte das Drehmoment, landete auf den Füßen, wirbelte herum und packte ihn am Jackenkragen. Mit einer geschmeidigen Bewegung ließ sie sich rückwärts fallen, stemmte gleichzeitig einen Fuß gegen seine Brust und schleuderte Giles quer durch den Raum.

Buffy hob ihren Stock auf, während sie wieder auf die Beine kam. Sie war bereit für den nächsten Schachzug, als würde sie gegen einen wirklichen Gegner kämpfen. „Kann ich jetzt nach Hause gehen?" fragte sie bettelnd.

„Nein!" stöhnte Giles. Er streckte die Hand aus – in der Erwartung, daß sie ihm aufhelfen würde. Doch sie rührte sich nicht.

„Was soll das Lernziel dieser Unterrichtsstunde sein?"

„Hartnäckigkeit", erwiderte Giles, während er auf die Beine kam. „Und Geduld gegenüber einem Gegner, der nicht weiß, wann er geschlagen ist." Er versuchte, ihr einen Hieb mit dem Griff des Kitana zu versetzen.

Buffy wehrte den Hieb ab, packte Giles am Handgelenk und entwand den Kitana seinem Griff. Dann versetzte sie ihm einen Ellenbogenhieb gegen das Kinn – gerade fest genug, um zu zeigen, was sie vermochte – und schickte ihn wieder durch den gesamten Raum.

Giles rutschte über den Schreibtisch wie ein hüpfender Stein auf einem See und landete dann auf dem Boden.

Zum Glück trug er Ellenbogen-, Knie- und Brustschoner, wenn er mit Buffy eine Übungsstunde abhielt, aber nun begann er, die Anschaffung eines Ganzkörperschutzes in Erwägung zu ziehen. „Ich bin überzeugt, Buffy, wenn es Dämonen und andere Geister auch nicht schaffen, diesen armen Wächter kaputtzukriegen – seine liebste Jägerin wird das schon besorgen."

„Tut mir ja leid. Ich möchte jetzt auch wirklich nach Hause. Ach, übrigens, wie ging diese Stellung noch mal? Dieser Wombat?" Buffy versuchte, die Kampfhaltung nachzuahmen, die Giles ihr gezeigt hatte.

Er blinzelte, bis er sie wieder deutlich sah, dann sagte er: „Halt den rechten Arm höher. Und schieb das linke Bein mehr vor."

„Bringst du mich heim?" fragte Willow am Schultor.

Xander zuckte mit den Schultern. „Klar. Warum nicht? Warum Giles wohl so hartnäckig darauf besteht, Buffy Kampfunterricht zu geben?" fuhr er dann fort. „Sie wischt doch nur mit ihm den Boden auf."

„Irgend jemand muß ihr eben Unterricht geben, denke ich", erklärte Willow. „Vielleicht möchte Giles ja nur, daß sie in Form bleibt."

„Ju-hu! Ju-hu!" tönte plötzlich eine Frauenstimme von der anderen Straßenseite.

Willow und Xander drehten sich um. Sie sahen einen Mann und eine Frau aus einem riesigen Auto steigen – es sah aus wie ein Hummer und hatte Räder, die groß und breit genug waren, um damit auf dem Mars herumzufahren. Der Mann, der eben die Fahrertür zumachte, war ungefähr Mitte Vierzig und trug einen schlechtsitzenden Designeranzug. Die Frau, die zehn Jahre jünger sein mochte, steckte in einem modischen taubenblauen Kostüm. Sie war so ungeduldig, zu Willow und Xander zu gelangen, daß sie die Beifahrertür offenließ und der Mann sie schließen mußte. „Hi, Kids! Ihr geht auf die Sunnydale High, stimmt's? Können wir mal kurz mit euch reden?"

„Ich wette, ich weiß, was sie rauskriegen will", flüsterte Willow.

„Das ist völlig verrückt", meinte Xander nur.

„Danke schön! Es dauert auch bloß einen Moment. Hallo, mein Name ist Lora Church." Die Frau hielt ihnen die Hand hin. Sie trug ihr braunes Haar kurz und hatte ein rundes, anziehendes und fröhliches Gesicht. „Das hier ist Rick, mein Mann. Dein Name ist Willow, stimmt's? Und du mußt Xander sein."

„Ja. Woher wissen Sie das?" Xander fiel es irgendwie schwer, den Blick von ihr abzuwenden. Willow nickte, voller böser Vorahnungen – ihr gefiel es nicht, wenn Xander hübsche Frauen betrachtete, mochten sie aus der Gegend sein oder nicht. Doch dann blickte Rick Church ihr in die Augen, und sie spürte, wie sie den Atem anhielt.

Rick hatte die Ausstrahlung eines gefährlichen Mannes, obwohl er sich wie ein perfekter Gentleman gab. Er ergriff nun das Wort: „Weißt du, Xander, wir haben eine alte Bekannte. Sie erzählte, daß du und deine hübsche Freundin uns über die vielen ungewöhnlichen Vorkommnisse hier in Sunnydale aufklären könntet."

„Ach, tatsächlich?" sagte Xander trocken. „Eigentlich sind es nicht die ‚vielen Vorkommnisse', sondern eher die fehlenden Vorkommnisse, die interessant sind. In Sunnydale passiert überhaupt nie etwas. Wir brauchen noch nicht mal Ampeln hier."

„Und wer ist diese alte Bekannte?" erkundigte sich Willow.

„Ein Geist", sagte Rick schlicht. „Ihr kennt sie übrigens nicht, obwohl sie sehr genau weiß, wer ihr seid."

„Erklären Sie uns das bitte", forderte Willow.

„An Abenden, an denen es wirklich nichts zu tun gibt, halten mein Mann und ich Séancen ab", begann Lora. „Wir rufen tote Bekannte oder Familienangehörige, um zu sehen, wie es ihnen in ihrem späteren Leben geht. Oder wir rufen historische Persönlichkeiten. Wir sehen unsere Sitzungen als spirituelle Fischzüge an. Und wir haben immer ziemlich viel Glück dabei gehabt – wir hatten zum

Beispiel schon den Geist von Kleopatra zu Gast oder den von Victor Hugo."

„Und die konnten englisch reden?" wollte Xander wissen.

Rick lachte etwas zu laut und starrte dann Willow an, als wäre sie die einzige Frau auf der ganzen Welt. „Es ist vielfach belegt, daß herbeigerufene Geister in der Sprache ihrer spiritistischen Gastgeber reden, da sie durch deren Aura hindurchgehen müssen. Nun, und letzte Woche sind wir auf einen weiblichen Geist gestoßen, der behauptete, hier in Sunnydale wiedergeboren zu sein."

„Wenn dieser Geist wiedergeboren wurde, wie konnten Sie ihn dann auf der Astralebene erreichen?" fragte Willow sofort.

Rick blinzelte – so eine direkte Frage hatte er nicht erwartet. „Tja, warum? In der Tat. Aber wer sonst könnte an zwei Orten gleichzeitig sein, wenn nicht ein Geist? Und dieser Geist hat ganz ausdrücklich dich erwähnt, meine junge Dame."

„Was hat sie denn gesagt?" fragte Willow.

„Nicht viel", nahm Lora den Faden wieder auf. „Das tun Geister selten. Sie deutete lediglich an, daß ihr beide vieles mit uns gemeinsam habt. Und sie schlug nachdrücklich vor, daß wir euch aufsuchen sollten."

„Was wir dann auch taten", fuhr Rick fort. „Also, wie findest du das, Willow? Dein Ruhm eilt dir voraus."

Willow hatte das unbestimmte Gefühl, daß dieser Charmeur ein totaler Spinner war. „Junge, Junge, da bin ich echt geschmeichelt, aber leider hab ich meiner Mutter versprochen, ihr nach der Schule noch im Haus zu helfen. Wir können uns ja später weiter unterhalten."

„Na gut", meinte Rick. „Und wann? Ich hoffe bald. Es würde euch doch sicher nicht allzuviele Umstände machen, euch mit Rick und Lora Church, den Spezialisten für das Okkulte, zu einem Kaffee – oder einem Milchshake –

zu verabreden." Er vollführte eine galante Verbeugung. „Ihr könntet die seltene Gelegenheit haben, an einem unserer übernatürlichen Abenteuer teilzunehmen."

Willow dachte, daß dieser Irre letzten Endes doch sehr galant war. „Wie wäre es morgen?" schlug sie vor.

„Großartig! Zur selben Zeit am selben Ort? Bis dahin habt ihr genug Zeit, erschöpfende Informationen über uns im Internet zu finden!"

Willow mußte grinsen. „Jede Menge Zeit. Ich meine, ähm, das wird super. Jetzt komm, Xander, wir müssen los."

Xander konnte seinen Blick immer noch nicht von Lora losreißen, Willow mußte ihn am Arm packen und wegziehen. Lora und Rick winkten ihnen zum Abschied nach.

„Übrigens", rief Lora noch, „wo können wir wohl Rupert Giles finden?"

„In der Bibliothek natürlich, wo sonst?" gab Xander zurück, geschmeichelt darüber, daß sie ihn gefragt hatte.

„Xander!" zischte Willow.

„Hoppla – tut mir leid."

Sie machten sich auf den Heimweg. Willow war erleichtert, die beiden los zu sein, aber auch etwas besorgt, weil die Churchs nach Giles gefragt hatten. Wenn man mal bedachte, was auf dem Spiel stand, hätte sie vielleicht ein bißchen neugieriger sein sollen.

Lora Church und ihr Mann öffneten die Doppeltür zur Bibliothek just in dem Augenblick, als Giles herausflog – rückwärts! Er segelte haarscharf an den beiden vorbei und knallte mit dem Allerwertesten auf den harten Steinboden. Lora zuckte bei dem Aufprall zusammen.

„Ohhh, das muß aber wehgetan haben!" rief Rick aus.

„Autsch!" war alles, was Giles herausbrachte. Zeit, mehr zu sagen, blieb ihm nicht, weil er den Korridor entlangschlitterte.

In der Bibliothek kreischte Buffy vor Schreck. Sie raste auf den Flur, zwischen Rick und Lora hindurch, ohne sie überhaupt zu sehen. Die jedoch erkannten sofort, daß dieses geschmeidige, zierliche Persönchen für das Spektakel verantwortlich war.

„Hey! Warte mal!“ schrie Rick, während er mit Lora hinter Buffy herlief. Die rannte zu Giles, der reglos am Boden lag. Nur ab und zu durchfuhr ihn ein Zucken.

Buffy hatte sich neben ihm niedergekniet und fühlte seinen Puls, dann horchte sie an seiner Brust. „Giles, ich weiß doch, daß Sie noch leben! Ich hör's in Ihren Lungen pfeifen.“

„Warte mal, junge Dame. Ich kenne mich mit Erster Hilfe aus“, schaltete sich Rick ein und schob sie beiseite. Er hatte schon das Jackett ausgezogen und legte es sanft unter Giles' Kopf. „Giles. Giles! Liegen Sie bequem so?“

Giles schüttelte drei oder vier der unzähligen Spinnweben ab, die seinen Geist vernebelten. „Ich verdiene ganz gut“, krächzte er. „Ich brauch jetzt einen Nescafé.“ Plötzlich wurde er wieder klar und blinzelte mißtrauisch in die Runde der um ihn stehenden. „Wer sind Sie?“ wollte er dann wissen.

„Ich bin Buffy.“ Sie blickte ihn forschend an und versuchte festzustellen, ob er sich an sie erinnerte oder nicht.

„Das weiß ich! Ich meine ihn!“

Rick neigte leicht den Kopf. „Rick Church. Erfreut, Sie kennenzulernen. Und das ist meine Frau . . .“

Giles schnappte nach Luft, ungläubig starrte er die Frau an. Ein paar Sekunden verstrichen. Wieder schnappte er nach Luft. „Lora?“

„Sie kennen sich?“ fragte Rick überrascht.

„Hallo, Rupert“, sagte Lora. „Es ist lange her.“

„Hallo, Lora.“ Giles' Blick wurde sehnsüchtig. „Schön, dich zu sehen!“

Xander hörte zu – Willow redete. Es war ein warmer, sonniger Nachmittag, die Luft war lau und anregend, und er konnte sich nur schwer darauf konzentrieren, was Willow ihm klarmachen wollte.

Schließlich konzentrierte er sich mit aller Macht. Nach und nach begriff Xander, daß sie von ihrem Computer sprach, der letzte Nacht abgestürzt war, und daß sie ihn erst um drei Uhr morgens wieder in Gang gekriegt hatte. Willow beschrieb bis in die letzten Einzelheiten sämtliche Methoden, die sie angewandt hatte, um herauszufinden, welches Programm die anderen infiziert hatte. Als würde das Xander im Moment auch nur im geringsten interessieren – er verstand immer nur Bahnhof . . .

„Es ist alles so anstrengend!" dachte Xander. „Normalerweise hör' ich Willow total gerne zu, aber da ist irgendwas, was mich ruft. Wie ein Vogel, der hinter dem nächsten Hügel singt . . ."

Dann hörte er es: das trockene „Krrrack" eines Baseballschlägers, der auf den Ball traf, und die Schreie und Hochrufe von Halbwüchsigen. Offenbar fand um die Ecke ein Spiel statt. Xander ging unwillkürlich schneller, ohne Rücksicht auf seine Begleiterin zu nehmen.

„Sorry, Willow, ich weiß, ich hab versprochen, dich nach Hause zu bringen. Aber mir ist gerade etwas klargeworden."

„Oh." Es gelang Willow nicht besonders gut, ihre Enttäuschung zu verbergen. Aber das machte nichts, Xander bekam es sowieso nicht mit. „Was ist denn los?"

„Es ist Frühling, und im Frühling öffnet sich das Herz eines jungen Mannes für . . ."

„Ja?"

„Baseball."

„Ach."

„Bis später!"

Das nicht gerade streng nach den Regeln ausgetragene

Spiel stand schon in der vierten Runde, als Xander fragte, ob er noch einsteigen dürfe. Xander konnte nicht einmal aus einem Meter Entfernung eine Scheunenwand treffen, aber eine der beiden Mannschaften brauchte noch einen Fänger im rechten Feld – auf der Position, die sowieso kaum beworfen wurde. Daher war sie für Xander wie geschaffen.

Willow schaute Xander beim Spielen zu, bis ihr klar wurde, daß er sie geflissentlich übersah. So müssen Jungs die Mädels nun mal behandeln, wenn sie Baseball spielen. Sie wanderte ein paar Blocks weiter zu einem kleinen Park und setzte sich dort auf eine Bank. Bis das Spiel aus war, wollte sie ein bißchen in *Vernunft und Gefühl* von Jane Austen lesen. Vielleicht hatte Xander ja danach Lust, sie den Rest des Weges nach Hause zu begleiten.

Den fernen Lärm hörte sie bald kaum noch, Willow verlor sich ganz in der Komödie von Heirat, Tod und guten Manieren im England des neunzehnten Jahrhunderts. Doch dann wurde sie mit einem Schlag zurück in die Gegenwart gebracht. Unversehens stand ein Typ aus Xanders Mannschaft – ein riesiger Blonder mit mehr Muskeln an den Armen, als Willow je für möglich gehalten hätte – vor ihr und rief:

„Erde an Willow! Kommen, bitte!"

„Was?"

„Xander is' was passiert! Er hat eins auf die Birne gekriegt!"

„Oh, nein! Armer Xander! Ist er verletzt?"

„Bei dem kann man das echt schwer sagen. Ein Flugball hat ihn am Kopf getroffen und ausgeknockt. Jetzt ist er die ganze Zeit so komisch drauf, ruft deinen Namen, ruft andre Leute."

„So wie zum Beispiel Mom? Dad? Giles? Buffy?"

„Nee. Er quatscht von so 'nem Typen . . . John Kane. Was noch? Danforth. Corwin. Haste je von diesen Leuten gehört? Ich ganz bestimmt nich'."

Aber Willow rannte schon los. Als sie den Rand des Spielfelds erreichte, war sie außer Atem und völlig fertig. Beide Mannschaften hatten sich um Xander versammelt. Einer der kleineren Jungs goß Xander aus einer Plastikflasche Wasser ins Gesicht. „Laßt ihn atmen! Laßt ihn doch Luft holen!“ schrie Willow.

Die Jungs machten ihr Platz.

„Xander! Alles in Ordnung?“

In dem Moment wachte er auf und spuckte Wasser. „Willow! Ich hatte grad 'nen völlig abgedrehten Traum!“

„Super – er ist wieder da, Leute!“ rief der Kleine. „Das zählt drei Auszeiten!“

„Es ist sehr schön, Sie kennenzulernen“, sagte Rick Church, während er Giles die Hand schüttelte. „Obwohl ich ein wenig überrascht bin, daß ich erst so spät von Ihnen höre“, fügte er hinzu und starrte seine Gattin an.

Buffy grinste, als sie Giles' rotem Gesicht ansah, wie verlegen er war.

„Mrs. Church und ich waren zusammen im Oxforder Debattierklub, Buffy“, erklärte Giles.

„Und das war erst der Anfang“, fügte Lora fröhlich hinzu.

Giles blickte Rick gerade und ehrlich an. „Ja, aber nachdem wir Examen gemacht hatten, verloren wir uns aus den Augen – wie es an der Universität meistens der Fall ist.“

„Das hätte ich ja nie vermutet“, bemerkte Rick trocken.

Giles wollte die Churchs und Buffy eigentlich in die Bibliothek begleiten, doch dann schien er einen anderen Gedanken zu haben. „Wollen Sie nicht auf eine Tasse Kaffee ins Lehrerzimmer kommen? Ich muß einfach mal Pause machen.“

„Und was ist mit mir?“ platzte Buffy heraus.

„Ich glaube, für heute ist die Kampfsportstunde beendet“, sagte Giles. „Ich bin schon genug bestraft worden.“

„Du unterrichtest Kampfsport?" rief Lora. „Du hast dich wirklich verändert!"

Giles räusperte sich verlegen. „Nicht so sehr wie du denkst. Wenn es um den Kampf geht, ist Buffy eher die Lehrerin und ich der Schüler."

„Sie bringt Ihnen was bei?" lachte Rick.

Buffy wollte schon eine Antwort darauf geben, aber Giles erstickte den Ansatz im Keim. Er legte ihr eine Hand auf die Schulter und schob sie nachdrücklich beiseite. Zu Rick sagte er: „Sie hat bemerkenswertes Talent, obwohl sie noch so jung ist. Warten Sie einen Augenblick auf mich? Buffy schenkt mir nach den Stunden immer ein paar Worte der Ermutigung, und die brauche ich heute nötiger denn je."

Rick kicherte leise. „Klar. Wir warten gleich hier." Er sah Giles und Buffy nach, wie sie um die Ecke bogen. Dann wandte er sich an seine Frau. „Was um alles in der Welt hast du denn bloß an dem gefunden?"

Lora mußte lächeln. Und mit einer zärtlichen Erinnerung an den jungen Giles erwiderte sie: „Woher soll ich das wissen? Ich war jung und leicht zu beeindrucken. Und übrigens, erinnerst du dich nicht an diese Kellnerin aus der Raststätte, von der du mir einmal erzählt hast? Was hast du an der gefunden?"

„Das war ganz und gar ihre Idee. Ich hatte damit nichts zu tun."

„Eine nette Geschichte. Aber es macht sowieso keinen Unterschied. Seit ich dich kennengelernt habe, habe ich nicht mehr an Giles gedacht. Bis dieser Geist vorschlug, wir sollten ihn besuchen, wenn wir in Sunnydale sind."

„Dann bin ich ja zufrieden." Rick zeigte auf seine Lippen. „Wie wär's jetzt mit 'nem Bussi?"

Währenddessen hatte Buffy Giles mit einem Hagel von Fragen zu seinem Leben bombardiert. Giles versuchte zuerst, sie mit der Behauptung in Schach zu halten, daß sein Leben vor dem Wächteramt sie überhaupt nichts anginge. Aber dann kam er doch nicht um ein paar Bemerkungen herum.

„Es ist, als sähe man einen Geist. Nun habe ich ja schon viele Geister gesehen, aber die waren lange nicht so attraktiv. Sie hat so wunderbare ..." Er räusperte sich. „Buffy, ich habe keine Ahnung, was Lora und dieser Kerl Rick Church ..."

„Ihr Mann", betonte Buffy.

„... hier wollen, aber ich werde es herausfinden. Es würde mich nicht wundern, wenn es irgend etwas mit der Prophezeiung von Eisenberg zu tun hätte."

„Warum das? Vielleicht sind sie und ihr Mann ja auch bloß auf der Durchreise."

„Ich nehme an, daß dieser Geist, von dem sie sprachen, ihnen auch dazu verhilft, den Bann des Vergessens zu überwinden. Ähm ... hast du nicht etwas sehr Tiefes zwischen Lora und mir bemerkt? Ich glaube, du würdest es ‚kosmisch' nennen."

„Warum sollte ich das so nennen?"

„Es war damals nicht unbedingt so, als wären wir wirklich füreinander geschaffen, wie echte Seelengefährten. Wir hatten jedoch das starke Gefühl, daß wir etwas gemeinsam hatten, das manchmal irgendwo seinen Ort fand. Dann verloren wir uns aus den Augen, ohne erkennbaren Grund. Es ist schön zu wissen, daß etwas von diesem Gefühl bis zum heutigen Tage geblieben ist."

„Das ist nicht ‚kosmisch', Giles. Das ist wie aus der *Cosmopolitan*."

„Ich frage mich, was sie hier will."

„Na endlich! Das ist der mißtrauische Giles, wie ich ihn kenne", sagte Buffy und stolzierte davon.

Mit gerunzelten Brauen blickte er ihr nach. „Ich bin nicht nur Frauen gegenüber mißtrauisch", dachte er geknickt, „ich bin gegen alles und jeden mißtrauisch."

Während er einen tiefen Atemzug tat, wurde ihm klar, daß er inzwischen sogar seinen Träumen nicht mehr traute. Obwohl es für den Wächter durchaus passend war, ein wenig paranoid zu sein, fragte er sich doch zuweilen, ob er nicht etwas zu weit ging.

Als Giles zu Rick und Lora auf den Flur zurückkehrte, führten die beiden ein angeregtes Gespräch, das in dem Moment verstummte, als er auf sie zu trat. „Nun, Lora, das ist wirklich eine nette Überraschung. Du bist wohl nicht hierher nach Sunnydale gekommen, von wo immer ..."

„Aus Carmel", half sie ihm.

„... nur, um mich wiederzusehen", schloß Giles.

„Ich will es doch nicht hoffen", meinte Rick verschmitzt.

„Das Lehrerzimmer ist in dieser Richtung", sagte Giles. „Da werden wir ungestört sein."

Auf dem Weg dorthin versuchten er und Lora, sich so gut es ging ihre jeweiligen Lebensläufe zu erzählen. Mehrmals drückte Lora ihr Erstaunen darüber aus, daß er nicht geheiratet hatte – nicht ein einziges Mal während der letzten zwanzig Jahre. Rick warf daraufhin ein, er habe so oft geheiratet und sich wieder scheiden lassen, daß es für alle drei gereicht hätte.

„Da müssen Sie aber reich sein", vermutete Giles.

„Nicht mehr", gab Rick zurück.

Im Lehrerzimmer führte Giles seine Gäste in eine Ecke, die mit anheimelnden Möbeln aus den Beständen der Heilsarmee ausgestattet war. „Also. Warum sind Sie wirklich hier?"

Rick und Lora wurden plötzlich ernst. „Ein Geist namens Sarah Dinsdale machte den Vorschlag, Sie zu besuchen", begann Rick.

5

Buffy war guter Stimmung. Sie hatte sich vorgenommen, ein Nickerchen zu machen, um vielleicht etwas Neues über das Schicksal von Samantha Kane zu erfahren. Als sie in ihre Straße einbog, verpuffte die gute Laune allerdings restlos: Was war denn das für ein Lastwagen mit Satellitenschüssel auf dem Dach, der vor ihrem Haus geparkt war?

Auf beiden Seiten des Fahrzeugs war ein knalliges Logo zu sehen: eine Horde Frösche, die vom heiteren blauen Himmel fiel. Es war das Zeichen einer TV-Show, die sich mit paranormalen Phänomenen befaßte, *Charles Fort's Peculiar Planet*. Diese Sendung lief täglich – oder vielmehr nächtlich – um 23 Uhr auf Kanal dreizehn. Die Themen reichten von Riesenameisen im Amazonasgebiet bis zu Geistern von Außerirdischen im Space Shuttle. Buffy sah sich diese Sendung manchmal an, um mal richtig abzulachen. Aber danach war ihr jetzt kaum zumute.

Erst recht nicht, als der Reporter der Show, Eric Frank, mit dem Mikrophon in der Hand ausstieg und auf ihre Haustür zuging.

„Sarah Dinsdale, hm? Ich habe noch nie von ihr gehört." Giles probierte seinen Kaffee. Heute hatte die Kaffeemaschine im Lehrerzimmer ein besonders bitteres Gebräu geliefert. Er gab sich alle Mühe, diesen Angriff auf seine Geschmacksnerven nicht sichtbar werden zu lassen – die Churchs sollten nicht denken, er blicke des Gesprächsthemas wegen so mißmutig drein. Eine Zeitlang hatte er sich dumm gestellt. Diese Taktik hatte er aus der Notwendigkeit heraus entwickelt, mit der Bildungsbürokratie auf beiden Seiten des Atlantiks zurechtkommen zu müssen.

„Komisch", meinte Rick grinsend. „Sie scheint allerdings von Ihnen gehört zu haben." Er nahm einen Schluck Kaffee, und sofort war sein Grinsen wie weggewischt.

„Ich wüßte nicht, woher", erwiderte Giles ungerührt.

„Also bitte, Giles", schaltete sich Lora ungeduldig ein. „Du hast dich doch immer für das Übernatürliche interessiert. Du hast doch von nichts anderem geredet."

„Ich fürchte, da verwechselst du mich mit jemandem", sagte Giles entschieden. „Ich interessiere mich für Bücher und Filme und Kunst . . ."

„Ha! Du hattest ja gar keine Zeit, dir irgendwelche Filme anzuschauen, wenn nicht gerade Christopher Lee oder Peter Cushing mitspielten", hielt Lora dagegen.

„Höre ich da eine Spur von altem Groll?" gluckste Rick.

„Süßer", gurrte Lora. Trotzdem setzte sie ihre Attacke fort. „Die einzigen Bücher, die du je gelesen hast, handelten von paranormalen Phänomenen wie Selbstentzündung oder von Psychodetektiven – und was die Kunst betrifft, mein Gott, was war das für 'ne Kunst! Lauter Werke von Primitiven, und meistens waren sie schon von Medizinmännern benutzt."

„Hast du je UFOs untersucht?" fragte Giles in aller Unschuld.

„Lenk nicht ab", sagte Lora. „Der Geist Sarah Dinsdales hat uns zu dir geschickt. Und nur deshalb sind wir hier."

Giles seufzte. Er hatte vergessen, wie stur Lora sein konnte. Im Laufe der Jahre hatte er fast alles vergessen – doch nun, da sie wieder aufgetaucht war, kamen alte Erinnerungen und Gefühle auf wie Lachse in einem Wasserfall.

„Na schön", meinte er. „Was will diese Sarah Dinsdale von mir?"

„Ich bin froh, daß Sie das endlich fragen!" sagte Rick

lebhaft, während seine Augen hin und her flitzten. Er senkte die Stimme. „Wird dieser Raum abgehört?“

„Ich hoffe doch nicht!“ beteuerte Giles und betete, daß er damit richtig lag.

„Was ich Ihnen jetzt erzähle, würden die meisten Menschen ein wenig außergewöhnlich, vielleicht unglaubwürdig finden. Aber ich versichere Ihnen, daß jedes Wort davon wahr ist. Also. Lora und ich freuten uns immer auf die wöchentlichen Sitzungen, bei denen wir in unserer verdunkelten Bude saßen, um die Geister der Toten herbeizurufen.“

„Es gab in jener Nacht, in der Sarah kam, keine besonderen Vorzeichen. Wir ahnten nicht, daß die geplante Séance ungemütliche Überraschungen bereithalten würde“, erklärte Lora.

„Keine Blitze am Himmel“, erläuterte Rick, „keine weißen Eulen im Baum, nicht einmal die altmodischen kalten Schauer über dem Rücken. Und ich hegte meine Hoffnungen: Kleopatra hatte angedeutet, sie werde zu einer Sitzung zurückkehren, und kürzlich hatten wir auch ein paar Ehrendamen vom Hof Louis des XVI. angelockt.“

„Das waren keine Damen“, widersprach Lora. „Ich persönlich hoffte ja, daß der große Nijinsky wieder einmal hereinschneien würde, vielleicht etwas weniger neurotisch als beim ersten Mal. Na ja. Du kannst dir wohl vorstellen, wie überrascht wir waren – nachdem wir das schon hundertmal gemacht hatten –, als bei dieser Séance plötzlich alle möglichen atmosphärischen Effekte entstanden. Flakkerndes Kerzenlicht zum Beispiel, wabernde Nebelschwaden und ein so abscheulicher Gestank, daß ich ihn gar nicht erst beschreiben möchte.“

„Ich habe da kein Problem mit“, fuhr Rick dazwischen. „Es roch wie tausend tote Stinktiere auf einem Haufen und dazu noch ’ne nette Mischung aus Lebertran und Rizinusöl. Wir hätten das nicht ignorieren können.“

„Mir ist speiübel geworden“, betonte Lora.

„Tja, das war wirklich schlimm“, erinnerte sich Rick widerwillig. „Zum Glück hatte ich vor dem Essen ein Magenmittel eingenommen – wegen eines Geschwürs, wissen Sie. Als uns dann der Geist von Sarah Dinsdale erschien, waren wir überhaupt nicht in der Stimmung für okkulte Spielchen. Aber trotzdem war sie da.“

„Sie war der furchterregendste Geist, den ich je gesehen habe“, meinte Lora. „Normalerweise sind Geister ziemlich weltfremd – man sagt, das Fegefeuer setzt ihnen so zu –, aber dieser Geist jagte einem Angst ein. Sie war ein bißchen verrückt und ihrer Gespensterwürde völlig sicher. Man konnte nicht voraussagen, wie sie auf eine Frage antworten würde.“

„An dem Gestank sollten übrigens wir selbst schuld sein“, berichtete Rick grollend. „Sie meinte, wir hätten sie nicht korrekt beschworen. Daran habe ich wirklich Anstoß genommen.“

„Es dauerte nicht lange, bis sie anfing, uns Fragen zu stellen“, fuhr Lora fort. „Und sie bestand darauf, Antworten zu bekommen! Drohte, wieder zu verschwinden, wenn wir ihr nichts erzählten . . . Nun, ein Gespenst läßt du nicht gehen, wenn es erst einmal da ist. Das verbietet schon die Höflichkeit.“

„Selbstredend“, stimmte Giles zu. „Was wollte Sarah Dinsdale denn wissen?“

„Wo du bist“, erwiderte Lora. „Wie es dir unter der Mühsal des Lebens ergeht. Und ähnliche Dinge.“

„Ich hatte natürlich nie vorher von Ihnen gehört“, warf Rick ein.

„Was genau hat sie gesagt?“ wollte Giles jetzt wissen.

„Sie sagte, du hättest einen klugen Kopf auf deinen Schultern. Aber dann deutete sie an, daß du ihn schon einmal verloren hättest. Und daß das wieder passieren könnte, wenn du nicht aufpaßt.“

„Das ist ja alles sehr interessant“, meinte Giles bedächtig, „aber wie ernst soll ich diese Warnung nehmen? Ich habe noch nie von diesem Geist gehört, und ich habe keine Ahnung, worüber sie redet.“

„Es wäre nicht das erste Mal, daß wir eine Warnung hören oder einen undeutlichen Hinweis erhalten, der uns zum Handeln auffordert“, erklärte Rick. „In der Vergangenheit haben wir manche Mordfälle gelöst, die von den Behörden schon lange aufgegeben worden waren. Wir haben sogar Aktiengelder angehäuft, indem wir auf das hörten, was uns die Geister zu sagen hatten. Es hängt immer nur von den Umständen ab.“

„Wir wissen nicht genau, was Sarah Dinsdale uns sagen wollte“, meinte Lora schließlich, „und deshalb wissen wir auch nicht, was wir tun sollen. Aber wenn es hart auf hart kommt, sind wir für dich da.“

„Ja, also. Äh, danke, aber das wird nicht nötig sein. Ich mag vielleicht manchmal ein wenig tapsig erscheinen, aber ich kann noch selbst auf mich aufpassen.“

„Solange Sie nicht gegen irgendwelche Teenager antreten müssen“, sagte Rick mit hämischem Grinsen.

„Buffy ist nicht einfach ein Teenager, sie ist . . .“ Giles fing sich gerade noch. Fast hätte er zugelassen, daß sein Stolz auf sie alles verriet. „Sie ist ein Schwarzer Gürtel, eine unerschrockene Kämpferin im wahrsten Sinne des Wortes.“

„Aber sie kann Sie nicht so gut beschützen wie wir“, meinte Rick.

„Ich hege zwar diesbezüglich keine Zweifel, aber ich fühle mich auch so ganz sicher“, erwiderte Giles. Das stimmte ganz und gar nicht, aber er wollte den Schein aufrechterhalten, als nähme er die beiden nicht ernst. „Außerdem gibt es Zeiten, wo, ähem, ein Mann tun muß, was er tun muß. Und ich möchte lieber allein sein, wenn ich es tue.“

„Wir werden auf jeden Fall in Ihrer Nähe bleiben", versicherte Rick. „Wir machen uns ganz gut als Bodyguards."

„Haben Sie je einen Schützling verloren?" erkundigte sich Giles.

„Darüber sprechen wir nicht", antwortete Lora steif. Etwas verwirrt stieß sie dann hervor: „Es gibt mildernde Umstände – wie sollten wir damals auch wissen, daß da ein Mörderhai herumschwamm?"

„Wir haben wirklich nur sehr, sehr selten versagt", betonte Rick. „Kaum der Mühe wert, es zu erwähnen."

„Na, da fühle ich mich doch schon sicherer", schloß Giles. Ohne den gräßlichen Geschmack überhaupt wahrzunehmen, schlürfte er seinen Kaffee. Er konnte kaum noch den Wunsch unterdrücken, sich zu entschuldigen und für ein ausgedehntes Nickerchen nach Hause zu eilen.

„Tut mir leid, daß ich dich für 'n Baseballspiel sitzengelassen hab", entschuldigte sich Xander. Er war immer noch reichlich benebelt, als Willow ihn auf dem Heimweg begleitete. „Ich wollte doch bloß ein *männlicher* Mann sein."

„Und Baseball soll deine Männlichkeit beweisen?" fragte Willow, der diese Logik reichlich verquer vorkam.

„Ja, genau. Du weißt doch, wie es ist, einer der wenigen zu sein, die sich wirklich an alle seltsamen Ereignisse in Sunnydale erinnern. Einer von denen, die ein paar ziemlich tapfere ..."

„Oder absolut dämliche ...", warf Willow ein.

„... Taten vollbracht haben. Im Grunde wünschst du dir, daß jeder davon erfährt. Aber eben das geht nicht – also gibst du dich damit zufrieden, ein ganz normaler Kerl zu sein, der so normale Dinge tut wie Baseballspielen."

„Oder eine Freundin haben", konnte Willow sich nicht verkneifen. Obwohl sie wußte, daß es zu nichts führte.

„Du willst 'ne Freundin?" fragte Xander verwirrt.

„Vergiß es. Erzähl mir deinen seltsamen Traum."

Xander räusperte sich mit Nachdruck. „Also, erst einmal: Er war so verdammt wirklich. Ich hab das Gefühl, ich kann mich an jede Einzelheit erinnern. Aber das war noch nicht mal das Seltsamste."

„Dann erzähl."

„Erinnerst du dich noch an Giles' Traum, der im siebzehnten Jahrhundert in der Massachusetts Bay Colony spielte? Scheint, daß meiner auch ungefähr um diese Zeit angesiedelt war. Aber auch das ist noch nicht das Merkwürdigste."

„Xander, jetzt leg endlich los!"

„Es ist so peinlich – ich hab nämlich geträumt, ich wäre ein Mädchen. Oder eher eine Frau. Eine erwachsene Frau."

„Ich wußte schon immer, daß du eine weibliche Seite hast", sagte Willow lächelnd.

„Hab ich nicht!" rief Xander empört.

„Haben Jungs auch selten. Aber vielleicht solltest du mir jetzt mal ganz genau erzählen, was im Traum passiert ist."

Sie setzten sich auf die Bank an einer Bushaltestelle, und Xander begann zu erzählen. Zuerst wollte er nicht so recht, aber als er in Fahrt gekommen war, sprudelte es nur so aus ihm heraus. Denn wenn er nicht einmal Willow diesen Traum anvertrauen konnte, wem dann?

Zunächst war der Traum wie alle Träume – eine Folge vermischter Bilder, die zum Teil stimmig, zum Teil absurd waren. Alle Bilder spiegelten ein wirkliches Leben, nur hatten sie wenig mit den Erfahrungen eines Teenagers im sonnigen Südkalifornien zu tun. Mehr dafür mit einer jungen Frau, die im siebzehnten Jahrhundert in Neuengland lebte.

Sie las in der Bibel, fütterte die Tiere auf der Farm, arbeitete im Gemüsegarten und ging in die Kirche. Das tat sie offenbar häufig, so wie fast jeder andere in der Nachbarschaft auch. Doch es gefiel ihr nicht.

An diesem Punkt veränderten sich die Bilder: Zuerst war alles in helles Licht getaucht, doch dann wurde die Traumumgebung düster – manchmal vielleicht noch anheimelnd, aber immer sehr dunkel. Während dieser Traumpassagen fühlte die junge Frau sich freier, als habe sie nach einem Leben in Gefangenschaft endlich Herrschaft über ihre Existenz erlangt. Xander versuchte nicht, seinen Willen oder seine Gedanken in den Traum einzubringen. Er ließ einfach zu, daß die Bilder sich entfalteten.

Zuweilen streifte sein Traum-Ich durch einen wunderbaren, unberührten Wald, in dem es vor Leben wimmelte – da gab es riesige Insektenkolonien, Eichhörnchen, Stinktiere und Igel. Bären und Wildkatzen waren, wie Xander wußte, schon vor einiger Zeit von den Siedlern vertrieben worden. Trotzdem wagten sich immer noch ein paar Tiere auf die Farmgrundstücke vor und rissen Schafe und Ziegen.

Die junge Frau wanderte durch Felder voller purpurfarbener Wildblumen. Sie sammelte Pilze und grub im Wald Wurzeln aus. Sie suchte nach Steinen und Metall in den Wasserläufen. Sie tötete Frösche und trocknete sie zu Mumien, sie ging in Höhlen und erschlug Fledermäuse. Auch diese wurden in einem Ritual und unter Gesängen mumifiziert.

Tag und Nacht begab sich die junge Frau an jene verrufenen Orte, aber am meisten genoß sie die Nächte, in denen sie allein war. Dann tanzte sie im Mondschein und kommunizierte mit der Natur auf eine so unheimliche Art, daß Xander entsetzt war.

Schließlich kehrte der Traum immer wieder in die Kirche zurück, wo die junge Frau sich auf die äußere Erscheinung – aber offenbar nie auf die Worte – eines charismatischen jungen Predigers konzentrierte. Sein Name war

John Goodman. Sie sah in ihm Fähigkeiten, die kein anderer Mann besaß; Fähigkeiten, die ihn zu einem Partner machten, der ihrer würdig war – auch wenn sie sich garantiert über die passende Hochzeitszeremonie streiten würden.

Die Bande zwischen Xander und seinem Traum-Ich waren währenddessen so stark geworden, daß er nicht mehr wußte, wo seine Persönlichkeit aufhörte und die der jungen Frau anfing. Gespräche, Erinnerungen, Bücher – alles floß ineinander. Xander wurde zu einem neuen Menschen. In einer anderen Zeit.

Er wußte ganz genau, wo und wann er sich befand: in Salem, Massachusetts, im Jahre 1692. Sein Name war Sarah Dinsdale, und Sarah Dinsdale war eine Hexe, dessen war er sich sicher. Bis zu diesem Punkt hatte sie es geschafft, der Verfolgung zu entgehen – eine ironische Situation. Denn während Sarah fest davon überzeugt war, daß die meisten der angeklagten Frauen unschuldig waren, wußte sie auch, daß sie selbst schuldig war.

Es mußte ihr klar gewesen sein, daß auch sie eines Tages ergriffen und angeklagt werden würde. Sie war erstaunlich ruhig, als der Schauplatz wechselte und vor Xanders Augen ein Gerichtsszenario entstand. Sarah lag in Ketten, in einem rechteckigen Käfig – dem Platz der Häftlinge vor Gericht –, und ein großes „H“ prangte in Orange auf ihrer Brust.

Der strenge Richter Danforth schaute sie ernst an. Neun zornige Männer saßen auf der Geschworenenbank, und Sheriff Corwin überwachte den Gerichtssaal. Cotton Mather, den berühmten Gelehrten und Hexenjäger aus Boston, sah man hinter dem Tisch des Staatsanwalts. Er befragte den bleichen John Goodman, der unruhig im Zeugenstand hin und her rutschte.

Die erste Frage, die Mather an Goodman richtete, lautete: „Und wann vernahmt Ihr zum ersten Mal den unheiligen Ruf Sarah Dinsdales?“ Seine Worte hallten in Xanders Kopf nach wie der Soundcheck bei einem Rockkonzert.

Plötzlich rief Sarah in den Saal: „Einspruch, Euer Ehren! Diese Frage ist voreingenommen und klingt, als sei meine Schuld schon bewiesen!“

Die Zuschauer waren geschockt. Sie hatte es gewagt, vor Gericht zu sprechen, ohne gefragt worden zu sein! Sheriff Corwin murmelte vor sich hin, daß Sarah seiner Meinung nach verdammt schuldig sei.

Streng funkelte Richter Danforth Sarah Dinsdale an. „Nichts würde mir mehr Freude bereiten, als wenn du der Verbrechen, derer du hier angeklagt bist, nicht schuldig sein solltest“, sagte er – auch wenn sein Tonfall ihn Lügen strafte. „Aber vergiß nicht, Weib, daß du hier nicht sprechen darfst. Es stünde dir besser an zu schweigen, sonst könnte das Verbrechen, ein Mitglied dieses Gerichtes behext zu haben, deiner langen Liste von Vergehen hinzugefügt werden.“

„Was meinst du überhaupt mit ‚voreingenommen‘, Weib?“ fragte Mather beiläufig und kratzte sich ausgiebig unter der Perücke.

Richter Danforth schien zufrieden, daß Sarah nun schwieg. Er machte Goodman ein Zeichen, jetzt zu sprechen. Goodman räusperte sich – offenbar unter Schwierigkeiten, denn er brauchte eine ganze Weile dazu. Währenddessen verschränkte Mather die Arme und richtete sich zu seiner vollen Größe auf. Er hatte schon einige Zeit auf diesen Moment gewartet und wurde langsam ungeduldig.

Schließlich räusperte sich auch Richter Danforth laut und nachhaltig. Er und Goodman blickten einander in die Augen, und plötzlich raffte Goodman sich auf.

Er sprach nun. „Es war im Winter“, begann er leise, „und ich sann über die heidnischen Feiertage der Bürger in der Alten Welt nach, die wir Puritaner so sehr verachten, weil sie nicht nach den wahren Regeln der Bibel leben.

Da spazierte ich zufällig an dem bescheidenen Heim von Gevatterin Dinsdale vorbei. Und ich muß gestehen, daß ich aus eigenem freien Willen an sie dachte."

„Und was genau dachtet Ihr über sie?" fragte Mather.

„Ich dachte, wie seltsam es doch sei, daß eine so angenehme junge Frau, die hübsch ist und hart arbeiten kann und überaus fähig ist, einen Haushalt zu führen, immer noch unverheiratet war. Und das in ihrem Alter."

„Man könnte dasselbe über Euch sagen, Sir Goodman", warf Mather ein. Ein paar Frauen im Saal begannen zu kichern, aber ein strenger Blick von Richter Danforth erstickte die unangemessene Heiterkeit sofort.

Goodman wurde rot, und das gefiel Sarah Dinsdale, obwohl die Dinge zwischen ihnen im Augenblick nicht zum besten standen. „Jedenfalls, als ich an Miss Dinsdales Haus vorbeikam, roch ich den schwachen Duft von gefülltem Gebäck."

Die Zuschauer schnappten nach Luft. Es war verboten, im Winter gefülltes Gebäck zu machen, weil es in Europa Tradition war, zu Weihnachten diese Speise auf den Tisch zu bringen. Weihnachten jedoch sahen die Puritaner als heidnisches Fest an.

„Ich klopfte an ihre Tür, und als sie öffnete, um ihren Gast willkommen zu heißen, ging ich einfach hinein. Und da sah ich zu meinem Schmerz, daß Sarah Dinsdale bereits zu den Verdammten gehörte."

„Ich verstehe, mein Sohn", sagte Mather fast zärtlich. „Und was habt Ihr dann getan?"

„Das, was mir zu tun befohlen war. Ich zeigte sie an. Ich hatte keine Wahl. Denn in ihrer Küche sah ich mumifizierte Fledermäuse und Körperteile von Fröschen. Ich sah Wurzeln und andere Zutaten, die zu den Rezepten des Teufels taugen mögen. Dort und damals wußte ich, daß sie unrein – daß sie eine Hexe war!"

„Eine Hexe! Eine Hexe!" schrien viele Leute im Saal,

bis eine Drohung von Richter Danforth die Ruhe wiederherstellte. Während des ganzen Tumults war Goodman nicht fähig, Sarah in die Augen zu schauen. Sie aber war sehr wohl dazu in der Lage. Und was sie sah, gefiel ihr.

Denn in John Goodmans Augen war weder Haß noch Mitleid zu sehen, nur Schuld: Schuld, daß er gezwungen war – wie er glaubte – Sarah anzuzeigen.

„Und seit damals macht es keinen Unterschied zu wissen, daß sie eine Hexe ist. Ich kann dieses verabscheuungswürdige Weib nicht aus meinen Gedanken bannen. Sie verfolgt mich in meinen Träumen, beschäftigt mich in jeder wachen Minute. Sicherlich hat sie einen Fluch über mich ausgesprochen – hat mich mit ihrem Blick verhext und meine Seele verschlungen."

Sarah konnte sich ein Lächeln nicht verkneifen. Diese Worte zu hören machte alle Leiden wett, die sie während der vergangenen Wochen im Verlies Sheriff Corwins zu erdulden hatte.

Sarah lächelte immer noch, zumindest innerlich, als die Szenerie sich wieder veränderte. Xander nahm mit ihren Augen und Ohren wahr, wie Richter Danforth ihr Todesurteil verkündete: Sie sei am Halse aufzuhängen, bis der Tod eingetreten sei! Sarah war zuversichtlich, daß dies nie geschehen würde – auch als Richter Danforth bemerkte, er würde gern sehen, wie der Teufel sie nun retten wolle.

„Nicht der Teufel", entgegnete Sarah. „Nur ein enger Freund."

Das Publikum im Saal brach in Schreie der Wut und Angst aus, und Sarah betrachtete die Menge mit verächtlichem, königlichem Blick. Xander fragte sich unterdessen, ob man wohl seinen eigenen Tod träumt, wenn er vorherbestimmt ist ... Er hatte Angst, daß er es beim nächsten Szenenwechsel herausfinden würde.

Doch anstelle des Galgens zeigte die nächste Szene Sarah zufrieden im Verlies sitzend, an die Mauer gekettet.

Dann erschien ein Besucher, der sich auf einen dreibeinigen Schemel jenseits der Gitterstäbe setzte.

Der Besucher war John Goodman.

Es war deutlich, daß er ihr nur so nahe wie unbedingt nötig kommen wollte. Er rutschte nervös hin und her und konnte keine bequeme Sitzhaltung finden. Lieber wäre er an jedem anderen Ort gewesen als innerhalb dieser kalten, feuchten Steinmauern, die mit dem Blut unter der Folter geständiger Hexen befleckt waren.

Sarah wußte nicht genau, was sie fühlte, nun, da John Goodman hier erschienen war. Ihr war klar, daß sie ihn eigentlich hassen sollte. Doch seine Reaktion, als er sie in ihrer Küche hatte wirken sehen, war nur zu natürlich gewesen. Selbst jetzt noch erinnerte der Ausdruck seiner Augen sie daran, warum sie angefangen hatte, ihn zu begehren.

„Ich bin gekommen, um Lebewohl zu sagen", begann Goodman leise.

„Seid Ihr sicher, daß Ihr mir keine letzte Chance zur Erlösung angeboten habt?" fragte Sarah trotzig.

„Du solltest bereuen", riet ihr Goodman.

„Warum? Um Euer schlechtes Gewissen zu beruhigen?"

„Ich habe die Gefühle nicht gewählt, die ich dir gegenüber empfinde, Sarah Dinsdale. Ich halte mich nicht für verantwortlich."

„Wer sonst sollte verantwortlich sein für diese Gefühle?"

„Ich glaube – du bist es."

„Es ist wahr, daß ich einen Zauber über Euch sprach, Reverend Goodman. Aber so lang kann selbst mein Zauber nicht wirken. Vielleicht hat er nur ein Gefühl zum Vorschein gebracht, das schon längst vorhanden war."

Goodman wurde abwechselnd rot vor Ärger und blaß vor Furcht. Er ließ seine Faust gegen die Gitterstäbe der Zelle donnern. „Das ist unmöglich! Ich würde nie – könnte nie gegen meinen Willen solche Gefühle für eine Hexe hegen! Befreie mich von deinem Zauber! Ich flehe dich an!"

Sarah warf den Kopf zurück und lachte. Sie schlug in ihrer heftigen Bewegung mit dem Kopf gegen die Mauer, versuchte aber, es zu verbergen. „Seid meines tiefsten Bedauerns versichert, Reverend, aber ich kann Euch ebensowenig von Eurem Herzen befreien wie Euch das Gewissen erleichtern."

Goodman stand auf und nickte düster. „Dann soll es sein, wie es kommen mußte. Du bist verdammt. Ich habe Mitleid mit dir."

„Ich habe niemals einer Menschenseele ein Leid angetan! Ich habe meine Kräfte nur zum Guten angewendet, um anderen zu helfen! Wie kann ich dann verdammt werden?"

„Weil deine Kräfte dir vom Teufel verliehen sind, und er verdirbt alles, was er berührt."

„Es gibt viele Wege, verdammt zu sein, John Goodman, und ich bin sicher, Ihr werdet das noch herausfinden." Sie lächelte zufrieden. „Vielleicht gibt es ja einen letzten Wunsch, den ich Euch erfüllen kann, bevor ich den Weg meiner Verdammnis beschreite."

„Ich würde . . ." Er räusperte sich. „Ich würde es außerordentlich begrüßen, wenn du fortan meine Träume meidest, damit ich in Ruhe schlafen kann."

Wieder lächelte Sarah. Nie hatte sie die Süße eines Sieges so sehr gekostet. „Es gibt Dinge, die nicht einmal eine Hexe vermag."

„Mögest du deinem Tod mit Tapferkeit begegnen", sagte Goodman, als er sich zum Gehen wandte.

„Das ist die geringste meiner Sorgen", erwiderte Sarah gedankenverloren.

Die Szene änderte sich wieder, und eine Ratte schnüffelte nun an dem Schemel, auf dem Goodman gesessen hatte. Sarah, die immer noch an die Mauer gekettet war, blickte auf ihre Füße herab. Dort tummelten sich noch mehr Ratten. Sie hatte jedoch keine Angst vor ihnen – ihre Gegenwart bedeutete, daß sie nicht länger allein hier unten war.

Durch die Gitterstäbe sah sie, wie der Mond am Himmel tiefer sank. Bald würde der Morgen dämmern. Es wurde feucht, als der Nebel heraufzog. Ein furchtbarer Gestank verpestete die Luft. Ein Wolf heulte, ein Käuzchen schrie, irgend jemand in einer der angrenzenden Zellen stieß einen Schrei aus. Zwei Ratten bissen sich wegen einer fallengelassenen Brotkrume.

Inmitten dieser grausigen Szenerie fühlte Sarah sich erleichtert – die Hilfe war schon auf dem Weg. Er würde sie sicher nicht enttäuschen.

Sie sah sein Antlitz nur für einen Augenblick, wie einen Blitz aus einer anderen Wirklichkeit, deren Existenz sie kaum begreifen konnte. Sie erahnte nur die häßlich grüne Haut des Gesichts, die Fangzähne, die toten, unbarmherzigen Augen – Augen, die in das Innerste ihrer Seele zu schauen vermochten.

Sie konnte es ertragen, so ausgeliefert zu sein. Warum hätte sie dem *Verachteten* mißtrauen sollen?

Noch einmal veränderte sich die Traumszene. Nun war Sarah Dinsdale ausgebrochen und rannte durch den Wald. Es war stockdunkel, der Mond durch Wolken verdeckt und der Boden dicht mit Strauch und Unterholz bewachsen. Trotzdem fand Sarah ihren Weg so sicher, als liefe sie durch ihr eigenes Haus.

Doch sie war erschöpft. Sie wollte sich nur noch auf die kalte Erde legen und schlafen. Aber wenn sie das täte, konnte sie gleich aufgeben und sich in den Tod fügen, und das durfte sie keinesfalls. Nicht, solange der Verachtete ihrer harrte.

Sie lief zu ihm, immer tiefer und tiefer in den Wald hinein, bis sie in der Dunkelheit verschwand – und Xander schließlich wieder in seiner eigenen Wirklichkeit erwachte. Der Traum war ihm vorgekommen wie ein vierstündiges Fernseh-Epos, doch als er aufgestanden war, war gerade mal die Zeitspanne eines ausgedehnten Werbespots vergangen.

Als Willow die ganze Geschichte gehört hatte, bemerkte sie, wie sie von Ehrfurcht ergriffen und sozusagen sprachlos war – mit Betonung auf „sozusagen“ . . .

„Meine Güte, ist dir klar, daß dein Traum und auch die von Buffy und Giles in Salem während der Zeit der Hexenprozesse spielen?“

„Auf jeden Fall haben die alle miteinander zu tun. Das kann sogar ich erkennen.“

„Wir müssen mehr darüber erfahren!“

Xander gähnte und streckte sich. „Tja, also ich könnte jetzt 'n Nickerchen gebrauchen. Vielleicht träume ich ja den nächsten Teil dieser Geschichte. Sollte doch ganz einfach sein, meinst du nicht auch?“

„Ich hab 'ne bessere Idee. Was hast du heute abend vor?“

6

„Oft schon habe ich mich gefragt", sann der Meister laut vor sich hin, obwohl er keinen einzigen Zuhörer hatte, „wie es wohl ist, zu träumen – oder überhaupt zu schlafen. Ist das vielleicht das Wesentliche des Menschseins?

Ich möchte auch essen und trinken. Es ist wahr, ich habe mich an Menschenblut gelabt und zuweilen sogar eine Menschenseele verschlungen, aber ich will wissen, wie es mit wirklichem Essen ist: Rühreier zum Beispiel. Mit Ketchup und Ahornsirup obendrauf. Oder ein Virginiaschinken. Vielleicht ist das, was ich wirklich will, auch bloß eine ganz einfache Tasse Tee. Wenn ich einen Tee hätte, würden meine Sorgen dann verschwinden? Wenn ich meine Herrschaft auf der Erde gefestigt habe, wird das das erste sein, was ich herausfinden muß. Hey! Sklaven!"

Die schwarzen Wesen, die ihm ergeben dienten, sammelten sich zu seinen Füßen. „Meister, Meister!" quiekten sie – nicht so ganz synchron. „Sprecht, sprecht! Gebt uns einen Befehl, und wir führen ihn für Euch aus. Mehr wollen wir nicht."

Der Meister gähnte. „Bringt mir die Geister!"

„Ja, Meister! Sofort, Meister, Ihr könnt darauf wetten!" quiekten sie und wuselten geschäftig in alle Richtungen. Ein paar von ihnen verschwanden in den Wänden.

Die Minuten verstrichen. Oder waren es Stunden? Den Meister kümmerte es nicht. Die Zeit an sich spielte in seiner Welt keine Rolle. Es ging nur darum, daß die Geister sich zeigten.

Sie kamen allein, ohne Begleitung durch die Ratten des Meisters – was bedeutete, daß diese immer noch auf der Suche nach ihnen waren. Typisch. Zwei Geister kamen aus einer Wand hervor, einer erhob sich aus dem Boden, und der vierte schwebte von der Decke herunter. In ihrer gegenwärtigen Erscheinungsform ähnelten sie schwarzen, halbdurchsichtigen Duschvorhängen. Sie schwebten durch den Raum und lauschten schweigend dem, was der Meister ihnen zu sagen hatte, denn mehr konnten sie in diesem Stadium nicht tun.

„Die Teile des Puzzles sind nun zusammengefügt", sagte der Meister. „Alle Planeten, ob in der höheren oder der niederen Dimension, sind in strenger Linie ausgerichtet. Die Sterne stehen in einer günstigen Position. Das Wachsgießen hat eine gute Zukunft vorausgesagt, ebenso die beinernen Würfel und die Tarotkarten. Das Lesen in den Eingeweiden einer Ratte ging zwar gründlich daneben, doch der Moment für ein Himmelswerk ist untrüglich gekommen.

Auf der Erde könnten die Dinge besser stehen. Es wäre günstiger, wenn jeder der Einbezogenen tatsächlich ein Wiedergeborener wäre. Aber ich schmeichle mir, Einfluß auf vier Jäger des Übernatürlichen genommen zu haben. Ich brachte sie in Sunnydale zusammen" – er schauderte bei der bloßen Erwähnung dieses harmlosen, netten Namens – „und sie werden passende Gefäße für euch sein. Ihr habt dem *Verachteten* vor nunmehr dreihundert Jahren schlecht gedient. Es wäre schön gewesen, wenn man sich auf mehr Talent hätte verlassen können ... Aber du, Heather, hast dich ja schon sehr verschlagen gezeigt, als dich Church und seine Frau herbeiriefen – diese Amateurspiritisten! Das war schon mal ein guter Anfang, und zwar für euch alle.

Denkt daran, das Wichtigste an dieser Operation ist die Vorhersage. Bald schon werdet ihr vier die Gelegenheit haben, eure vor dreihundert Jahren begangenen Fehler zu korrigieren. Wenn euch das gelänge, würdet ihr euch nicht überglücklich fühlen? Und nun fort mit euch! Fort, fort!

Verzieht euch! Ihr wißt, was ihr zu tun habt. Und ihr sollt es tun, wenn die Zeit reif ist – oder die Leiden, die ihr bis jetzt erduldet habt, werden nur ein Vorgeschmack auf die Hölle sein, die eure Zukunft bestimmen wird."

Damit verschwanden die Geister, und wieder war der Meister allein. Bald würden seine kriechenden Sklaven zurückkommen und um seine Füße huschen, sich immer und immer wieder dafür entschuldigen, daß sie dem Meister nichts recht machen konnten. Schon bald würde er ihre Unfähigkeit nicht mehr ertragen müssen.

Buffy hatte die letzte halbe Stunde darauf gewartet, daß Eric Frank und seine Crew endlich ihren Posten vor dem Haus verließen. Aber dazu waren sie offensichtlich zu hartgesotten. Frank, der Koordinator der Sendung, fuhr selbst zu den entferntesten Orten, um seine sensationellen Interviews zu bekommen. Buffy beobachtete, wie er sich von Zeit zu Zeit erhob und an die Haustür klopfte. Jedesmal trottete er unverrichteter Dinge zurück, schwenkte die Arme und rief seiner Crew etwas zu ... oder dem Haus ... oder den Bäumen – er rief allem, was in sein Blickfeld geriet, etwas zu. Vielleicht glaubte er, daß doch jemand zu Hause war und bloß keiner aufmachen wollte. Aber an diesem Tag fuhr Mom eine behinderte Nachbarin spazieren, und Buffy glaubte nicht, daß sie vor Ablauf einer Stunde wiederkommen würde.

Sie hatte *Charles Fort's Peculiar World* oft genug gesehen und oft genug ziemlich behämmert gefunden. Franks minderbemittelte Zuarbeiter mußten aber irgendwie an kleine Informationsfetzchen gelangt sein. Jedenfalls waren sie wohl auf den Trichter gekommen, daß in Sunnydale ein paar seltsame Dinge vorgingen. Paranormale Dinge. Und sie mußten begriffen haben, daß Buffy das Bindeglied war – trotz des Fluchs der Vergeßlichkeit, der über die ganze Stadt ausgesprochen worden war.

Wenn Frank ihre Mutter interviewte, würde er sie sicher fragen, was sie davon hielt, daß ihre Tochter die Vampirjägerin dieser Generation war. Und dann würde dieser Schwachsinn womöglich gleich auf mehreren Sendern ausgestrahlt werden, wenn sich die Rechte weiterverkaufen ließen. Das würde es Buffy so ziemlich unmöglich machen, überhaupt noch ein normales Leben zu führen.

Angestrengt sann Buffy über Wege nach, wie sie den Reporter dazu bringen konnte, ihre Straße zu verlassen. Eine ihrer äußerst vernünftigen Ideen war, ihn über sein Handy anzurufen und so zu tun, als sei sie eine Talentsucherin von CNN. Dann würde sie seine Crew auf eine wilde Jagd in die Wüste schicken. Allerdings hätte sie dazu die Handynummer kennen müssen.

Sie könnte diese Nummer herauskriegen, wenn sie zur nächsten Telefonzelle ging und die Büro- oder Studionummer nachschlug. Aber sie müßte ihnen auch eine Lügengeschichte auftischen, die zu allen möglichen Verwicklungen führen könnte. Das würde viel zu viel Zeit in Anspruch nehmen. Nein, das war überhaupt keine gute Idee.

Wenn Willow hier wäre, könnte sie ihren Laptop auspacken und sich per Satellit innerhalb von dreißig Sekunden in die e-mail dieser Leute einhacken. Leider war Willow aber nicht da, und sie würde auch nicht mal eben zufällig vorbeispazieren, falls nicht Xander plötzlich in furchtbarer Gefahr wäre.

Und dann überlegte Buffy es sich anders. Sie mußte eben einfach ins Haus gehen, um das nächste Telefon zu benutzen, und sie wollte verdammt sein, wenn so ein Haufen Clowns vom Fernsehen sie davon abhalten sollte. Sie nahm an, daß man kaum irgendeinen brauchbaren Schnappschuß von ihr machen konnte, wenn sie geradewegs ins Haus marschierte. Außerdem war keine dieser Storys über Vampire, Wespenfrauen und wabbelige Monster besonders sorgfältig recherchiert gewesen. Warum sollte dann die Buffy Summers-Story glaubwürdig sein?

Eric Frank lehnte an der Heckklappe des Lastwagens. Er schnaufte und ereiferte sich gerade über irgend etwas, als er Buffy plötzlich sah. Er sprang an wie ein Motor. „Jungs!" zischte er so laut, daß die ganze Welt es hören konnte. „Das is' ihre Tochter! Vielleicht wird das Balg ja irgendwas ausspucken!"

Buffy war so überrascht, daß sie mitten auf der Straße anhielt und ein heranrasendes Auto dazu zwang, mit kreischenden Reifen einen Bogen um sie zu fahren. „Etwas ausspucken?" dachte sie. „Ich bin ‚ihre Tochter – das Balg'? Sie sind hier, weil ... oh mein Gott – Mom!" Wie eine riesige Mutterhenne aus einem japanischen Monsterfilm stolzierte Buffy zu Frank hinüber. Sie stach ihm mit dem ausgestreckten Zeigefinger ins Gesicht und schrie: „Was wollen Sie von Mom? Hauen Sie ab, Mann! Lassen Sie Mom in Ruhe!"

Eric Frank reagierte darauf mit bemerkenswerter Begriffsstutzigkeit. Er hielt Buffy das Mikrophon unter die Nase, während er mit rotziger Höflichkeit vorbrachte: „Guten Tag, junge Dame. Dürfte ich fragen, warum Sie so abweisend sind? Hat es vielleicht etwas mit Ihrer Mutter zu tun?"

„Abweisend? Was meinen Sie damit? Keiner von uns hat etwas zu verbergen."

„Ach, Sie leugnen wohl, was klar zutage liegt. Nun sagen Sie mir doch einmal, Miss Summers, wie sieht die Beziehung Ihrer Mutter zum Übernatürlichen aus? Und warum decken Sie das? Verstehen Sie nicht, daß sie sich mit den furchtbaren Mächten des Bösen eingelassen hat?"

„Worüber reden Sie denn da? Welche furchtbaren Mächte? Hören Sie, warum fragen Sie meine Mutter nicht selbst?" Oh, oh! Buffy hatte soeben bemerkt, a) was sie gesagt hatte und b) wer es gerade aufzeichnete, damit auch

Millionen von Zuschauern es hörten. Schmerzlich lächelte sie der Crew zu.

„Wir haben versucht, sie in ihrer Galerie zu befragen", erklärte Frank in heuchlerischem Tonfall. „Aber sie lehnte es ab, auf Tonband zu sprechen. Und als sie sozusagen inoffiziell sprach, schlug sie uns nachdrücklich vor, unser nächstes Ziel in Angriff zu nehmen. Wir glauben, daß sie unter dem Einfluß einer heimtückischen Art déco-Skulptur steht, die aus der Bronx stammt."

„Was?"

„Der ‚Mondmann'. Diese berühmte Statue des italienischen Meisters der Moderne, V.V. Vivaldi. Er kam während des faschistischen Regimes Mussolinis unter mysteriösen Umständen zu Tode! Ich mag diese Figur überhaupt nicht. Wie man erzählt, kam sie in Mussolinis Besitz, worauf die Dinge für den Diktator prompt ins Rutschen gerieten. Er schloß im Zweiten Weltkrieg die falsche Allianz. Und kurz bevor er von seinen wütenden Anhängern beseitigt wurde, schrieb Mussolini sein Scheitern einem Fluch zu, mit dem der ‚Mondmann' belegt sei. Und das war nur der Anfang!"

„Hatte ich mir schon fast gedacht."

Frank wandte sich ab und blickte Buffy nun aus den Augenwinkeln an – wie ein eingeschnappter Geschichtslehrer. „Nach dem Krieg nahm ein Kunstspekulant die Statue den amerikanischen Streitkräften ab. Er starb, aber vorher konnte er die Statue noch an jemanden verkaufen . . . der ebenfalls starb, der die Statue wieder an jemanden verkaufte, der auch starb, sie aber per Testament jemandem vermacht hatte, der auch starb . . . Verstehen Sie, worauf ich hinauswill?"

„Und was hat Mom damit zu tun?"

„Eine Galerie hier im Ort, die von einer gewissen Joyce Summers geführt wird, bereitet eine V.V. Vivaldi gewidmete Ausstellung vor. Die Statue des ‚Mondmannes', die ebenfalls gezeigt werden soll, ist verflucht! Jeder, der sie besaß oder für sie verantwortlich war, mußte sterben – bevor seine Zeit gekommen war. Sagen Sie doch was dazu, Miss, ähem, Buffy. Ich gebe Ihnen eine letzte Chance, vor unserem Millionenpublikum auszupacken: Gibt es etwas, das Sie über Joyce Summers' außerplanmäßige Aktivitäten loswerden wollen?"

Allmählich wurde Buffy wütend. „Wie bitte?"

„Sie bestätigen also, daß Ihre Mutter unter dem heimtückischen Einfluß von Vivaldis berüchtigtem ‚Mondmann' steht?" reizte Frank sie weiter.

„Hey, Frank, wieso nennen sie das Ding eigentlich ‚Mondmann'?" fragte plötzlich der Tontechniker abfällig.

„Es ist doch gar nicht vom Mond, stimmt's?" fragte der Kameramann genauso verächtlich. Buffy hatte den Eindruck, daß die beiden eine ähnlich hohe Meinung von der Sendung hatten wie sie selbst.

„Vivaldi glaubte das schon", erklärte Eric Frank am Ende seiner Geduld.

„Hey! Warum führen wir das Teil dann nicht in der Show vor?" fragte der Tontechniker lachend.

„Liegt ihr Typen immer so voll daneben?" wollte Buffy jetzt wissen. Sie setzte ihre ganze Glaubwürdigkeit aufs Spiel, indem sie sich so schnodderig wie möglich gab. „Ich nehme es schwer an – ich hab die Show nämlich oft genug gesehen. Um ehrlich zu sein, Mr. Frank, es ist ziemlich absurdes Zeug."

Eric Frank wurde einigermaßen blaß. Er funkelte seine Leute, die ihn auslachten, wütend an. „Du traust mir nicht, weil dir meine Haare nicht passen, he?"

Buffy versuchte, nicht laut herauszulachen. „Stimmt genau", sagte sie mitleidig. Dann schob sie sich zwischen Frank und seiner Crew hindurch. „Tut mir leid, Jungs, aber jetzt muß ich echt rein!"

Die Crew lachte noch ein bißchen lauter – aber

plötzlich brachen sie ab und wurden ganz ernst. „Hey, Mr. Murrow!“ rief der Tontechniker, albernerweise auf einen Nachrichtensprecher der fünfziger Jahre anspielend. „Sehen Sie mal da!“ Er zeigte auf einen riesigen Jeep. „Da sind ja Rick und Lora Church!“

„Hmm. Sieht mir ganz so aus, als wollten sie zur Galerie“, bemerkte Buffy, obwohl die Churchs genau in die entgegengesetzte Richtung fuhren.

Sie spekulierte darauf, daß die drei Ortsfremden sich zu wenig in den Straßen von Sunnydale auskannten, um zu merken, daß sie sie in die Irre schickte. Und es stellte sich heraus, daß sie nur ein geringes Risiko eingegangen war: Die drei begannen hastig, ihre Ausrüstung in den Lastwagen zu laden. Ein paar Minuten später sah eine sehr zufriedene Buffy den Laster mit dem Logo der fallenden Frösche in die Richtung rasen, in der die Churchs verschwunden waren.

Allerdings machte Buffy sich auch große Sorgen. Mom hatte mit einem verfluchten Kunstgegenstand zu tun! Sie wäre unter normalen Umständen sofort zur Galerie gelaufen, aber heute waren die Umstände alles andere als normal. Flüche, Träume und seltsame Zufälle gingen in Sunnydale um, und Buffy war sicher, daß das etwas mit Prinz Ashton Eisenbergs Prophezeiung zu tun hatte.

Nur ein Mensch konnte ihr helfen, die Verbindung aufzuklären. Rupert Giles. Sie mußte zu ihm, so schnell wie möglich.

7

Giles lag in der Bibliothek auf einem Sofa und wischte sich den Schweiß von der Stirn. Sein Taschentuch, das er dazu in der letzten Stunde schon häufiger benutzt hatte, war völlig durchnäßt.

Buffy und ihre Freunde hatten ihn noch nie so nachlässig gesehen: Seine Manschetten waren aufgeknöpft, die Schuhe abgestreift und die Füße auf den Tisch gelegt. Grund dafür war, daß sein Thermometer im Augenblick eine Körpertemperatur von 38,3 Grad anzeigte – und das, obwohl er schon ein paar Aspirin geschluckt hatte, um das Fieber zu senken.

„Wir sollten Sie ins Krankenhaus bringen", meinte Buffy.

„Das würde auch nichts helfen", entgegnete Giles. „Meine Krankheit hat keine organische oder, besser gesagt, keine nachweisbare Ursache. Eine vernünftige Person kann mir im Moment gar nicht helfen."

„Na, Gott sei Dank", meinte Xander. „Das heißt, wir könnten es vielleicht?"

Giles hustete. „Nun gut. Ich glaube, der Zeitpunkt ist gekommen, an dem wir Klarheit schaffen müssen. Drei von uns – Buffy, Xander und ich – haben Träume gehabt, die uns mit Menschen einer früheren Zeit verbanden, und zwar der Zeit der Hexenprozesse von Salem. Wir müssen nicht unbedingt Reinkarnationen dieser Seelen sein ... doch alle diese früheren Menschen standen in Beziehung zueinander – so wie wir heute. Es ist nicht zu übersehen, daß wir alle zur selben Zeit Träume von den gleichen Menschen und den gleichen Ereignisse hatten. Es muß dafür eine Erklärung geben. Und wenn es nicht die der

Wiedergeburt ist, dann ist es die, daß wir absichtlich so zusammengebracht wurden. Laßt uns jetzt mal rein theoretisch annehmen, daß wir die Traumpersonen sind."

„Sie sind ein Wächter namens Robert Erwin, was nur logisch ist, da Sie auch jetzt der Wächter sind", sagte Willow. „Und Buffy ist eine Jägerin namens Samantha Kane."

„Und ich habe – allerdings aus Gründen, die ich nicht im geringsten nachvollziehen kann – geträumt, eine Frau namens Sarah Dinsdale zu sein", sagte Xander, „eine verurteilte Hexe."

„Darüber hinaus", fuhr Giles fort und mußte schon wieder husten, „müssen wir annehmen, daß der Geist, den Rick und Lora Church als Geist von Sarah kennen, ein Betrüger ist: Xander hat geträumt, Sarah zu sein, also ist der Geist von Sarah in ihm, nicht irgendwo anders."

„Und eben jener Geist – hat er vielleicht alle diese Schnüffler angestellt, die uns in der letzten Zeit belästigt haben?" fragte Willow.

„Zweifellos", erwiderte Giles. „Aber ich vermute, daß diese neugierigen Zeitgenossen nur Betrogene sind, die gar nicht wissen, wessen Spiel sie mitspielen."

„Offensichtlich besteht der nächste Schritt darin, mehr über Sarah Dinsdales Schicksal zu erfahren", meinte Willow.

Xander streckte sich und gähnte. „Na super. Ich könnte gut 'ne Mütze voll Schlaf gebrauchen. Man hat mir auch gesagt" – Seitenblick auf die beiden Mädchen – „daß ich überhaupt nicht schnarche."

„Ach, dein Teddybär kann reden?" vermutete Willow.

„Wir haben keine Zeit, auf deinen nächsten Traum zu warten", drängte Giles. „Wir müssen uns . . . wie sagen die Amerikaner doch gleich . . . auf die Hatz begeben."

„Meinen Sie ‚auf die Jagd begeben'?" warf Buffy ein.

„Genau", stimmte Giles zu und unterdrückte einen neuen Hustenanfall. „Wir müssen eine Séance abhalten.

Willow, hol Kerzen und Weihwasser aus der Vitrine hinter dem Schreibtisch. Xander, auf dem Bücherbrett da drüben steht ein Buch. Es heißt: *Spiritistische Sitzungen für Laien und Profis* von Rick und Lora Church. Das brauchen wir auch. Und Buffy, ich fürchte, ich muß dich wieder mal darum bitten, etwas Ungeheuerliches für uns zu besorgen."

Buffy schluckte. „Okay."

Zehn Minuten später war sie aus dem Krematorium zurück, mitsamt einer Urne menschlicher Asche. „Ich schätze, bis morgen früh muß ich die wieder zurückbringen."

„So lange wird es wohl nicht dauern, das hoffe ich wenigstens", sagte Giles. „Danke, Buffy. Ich muß schon sagen, ich staune immer wieder darüber, wie du an solchen Orten so schnell ein- und ausgehen kannst."

„Könnte ich auch", meinte Xander. „Wenn sie mir bloß zeigen würde, wie sie's macht."

„Das ist schon in Ordnung so, Xander", gab Buffy trokken zurück. „Und ich würd's auch gern weiter so halten."

Giles versammelte alle um den Tisch. „Also – in diesem Buch beschreibt Lora die Vorbereitungen für eine Séance im trauten Heim. Das meiste ist einfach zu erledigen, die einzige exotische Zutat ist die Asche eines Kremierten. Sind die Vorhänge zugezogen? Gut. Dann reichen wir uns jetzt die Hände."

Als er Buffy und Willow die Hände entgegenstreckte, überkam Giles ein besonders schlimmer Hustenanfall. Alle warteten gefaßt, bis er vorüber war. Die Bibliothek lag jetzt im Dunkeln – Xander hatte die Lampen ausgeschaltet – und wurde nur ein wenig von den Kerzen erleuchtet, die so auf dem Tisch plaziert waren, daß sie die Ecken eines Pentagramms bildeten. Das Fünfeck, das Buffy das übersinnliche Zeichen allererster Wahl nannte, wurde durch das Wachs der Kerzen gebildet.

„Laßt uns anfangen“, keuchte Giles schließlich. „Anscheinend ist Robert Erwin während dieser Séance sehr krank gewesen. Deshalb muß ich es wohl auch sein.“

„Was sagen Sie da?“ wollte Xander wissen.

„Daß möglicherweise das, was unseren früheren Leben während einer Séance passiert ist, einen Einfluß auf die heutige Sitzung hat.“

„Jetzt hab ich's kapiert“, meinte Xander. „Wie im Fernsehen. Wiederholungen enden aber immer gleich ...“

„Du zeigst wieder mal eine reichlich konfuse Logik“, meinte Giles. „Aber genau darum geht es, wenn auch auf umgekehrtem Wege.“

„Also, bei dieser Neuaufführung ist der Ausgang gar nicht klar“, meinte Buffy. „Wer immer die Wiederholung inszeniert, er muß ein anderes Ende wollen. Schließlich gab es heute in der Geschichtsarbeit keine Frage zu einem gewissen Verachteten.“

„Wie dem auch sei – wenn Sarah Dinsdale auf dem Scheiterhaufen verbrannt wurde, dann kann ich mir doch wohl erlauben, schwer nervös zu sein, oder?“ warf Xander ein.

„Die Hexen wurden gehängt, nicht verbrannt“, belehrte ihn Giles. „Wir haben es hier auch nicht mit brutalen Barbaren zu tun. Die Puritaner waren so zivilisiert wie andere Völker jener Zeit. Außerdem taucht Sarah Dinsdales Name nicht unter den Opfern der Verfolgung auf. Sie ist nicht als Hexe gestorben.“

„Was ist dann mit ihr passiert?“ fragte Xander.

Giles zuckte mit den Achseln. „Nach ihrer Flucht verschwand sie spurlos. Was immer auch mit ihr geschehen ist, ihr Name ist aus der Geschichte ausgelöscht.“

„Das mag ja sein“, meinte Buffy, „Aber nach dem, was ich gesehen habe, waren Corwin und Danforth sich nicht zu schade, den Mob anzustacheln, damit er das Recht in die Hand nahm.“

Plötzlich leuchtete ein unnatürlich grelles Licht durch die Fenster, kurz darauf folgte ein durchdringender Donnerschlag, der die Luft erzittern ließ.

„Komisch, die Wetterhexe meinte doch, es würde die ganze Woche über schön bleiben", sagte Xander.

„Ich glaube, wir werden bald einen Herbststurm erleben wie in Neuengland", meinte Buffy. „Wenn ich rausgehe, ziehe ich mir meine Handschuhe an."

„Laßt uns jetzt mit der Séance beginnen", mahnte Giles. Er unterdrückte einen neuen Hustenanfall, als sie sich bei den Händen nahmen. „Es dürfte nicht allzu schwierig werden, weil wir ja wissen, daß Sarahs Geist schon bei uns ist. Wir müssen ihn nur hervorlocken."

Die Sprache der Séance war, wie in dem Buch der Churchs beschrieben, eine modernisierte Fassung traditioneller Spiritistengesänge. Da die Geister der Toten nicht auf Sprache reagierten, sondern auf die Gefühle der Spiritisten, war es nicht so wichtig, was gesagt wurde. Es kam darauf an, wie es gesagt oder gesungen wurde.

Die Churchs waren der Überzeugung, der „Swami" einer Séance sollte die Qualitäten eines schleimigen Showmasters besitzen, der seine Sendung erfolgreich zwischen Information und Werbung hindurchlaviert. So leierte Giles ungefähr zwanzig Minuten lang eine Art Werbeslogan herunter, mit dem er dem Geist Sarah Dinsdales schmeichelte. Er ließ ihn wissen, wie sehr es in seinem karmischen Eigeninteresse sei, sich der lebenden Welt zu zeigen.

Buffy, Xander und Willow konzentrierten sich, so stark sie konnten.

Allmählich bildete sich zwischen ihnen das Kollektivbewußtsein, das für die Séance notwendig war. Es wurde von Minute zu Minute stärker. Sie spürten keinen Luftzug, und doch bewegten sich die Flammen der Kerzen. Manchmal flackerten sie im gleichen Moment, in dem ein Donnerschlag einsetzte – dann lief den Spiritisten synchron eine Gänsehaut den Rücken hinunter.

In der Mitte des Pentagramms stand die Urne. Die vier versuchten, sich die Asche darin bildlich vorzustellen. Wie mochte sie sich anfühlen, riechen und schmecken? Nach und nach fiel es ihnen leichter, sich auf den Inhalt der Urne zu konzentrieren. Die Energie zwischen ihnen wuchs zu einem mächtigen Strom, der Donner über ihren Köpfen erschütterte das gesamte Gebäude.

Jeder nahm wahr, wie sich sein Körper allmählich leichter anfühlte, aber eine schwere Last auf das Gehirn drückte. Es wurde immer schwieriger, Gedanken zu formen, weil das Denken wie hinter einem Nebelschleier verborgen war. Giles' Stimme leierte weiter und weiter, bis sie zu einem bloßen Geräusch wurde.

Plötzlich wurde Xander ganz steif – er wirkte fast wie in Totenstarre. Giles schnappte nach Luft und hörte endlich mit seinem Sermon auf. Und in diesem Augenblick – oder kurz danach, keiner konnte es hinterher genau sagen – schlug ein unglaublicher Blitz mit verheerender Wucht in einen Baum nahe der Schule ein. Zu Tode erschrocken, unterbrach Willow die Kette, während Buffy verwirrt zuhörte, wie das Feuer im Baum wütete.

Sie öffnete den Mund, um etwas zu sagen, als der Donner direkt über ihnen grollte; sie konnte sich selbst nicht einmal denken hören, geschweige denn sprechen.

Xander blieb weiterhin steif und zitterte, als hätte man ihn in Eiswasser getaucht. Er stöhnte. Willow beugte sich zu ihm hinüber, aber Giles bedeutete ihr schweigend, daß sie Xander nicht berühren sollte. Mit besorgter Miene blieb sie reglos sitzen.

Buffy sah, daß der Lichtstrahl, der von dem starken Blitz ausgegangen war, ein eigentümliches Glühen auf der Urne hinterlassen hatte. Es war deutlich, daß die Asche eine magische Energie absorbierte, die von dem Blitz befreit worden war.

Draußen löschte der Regen allmählich das Feuer. Der Blitz hatte den Baumstamm gespalten, und aus dem Stumpf quoll eine Säule von Rauch. Asche rieselte zu Boden. Es war sicher normal, daß um diese Zeit niemand mehr zur Sunnydale High School unterwegs war – aber heute nacht schien selbst die Normalität eine unheimliche Bedeutung zu tragen. Es war, als wollte die Wirklichkeit die Kurve kratzen.

Xander hatte das im Geiste schon längst getan. Buffy hatte sich in der Zwischenzeit auf die Veränderungen der Umgebung konzentriert und dabei nicht bemerkt, daß Xanders Körper sich wieder entspannt hatte. Obwohl immer noch in Trance, nahm er eine charakteristische Haltung mit dazugehöriger Körpersprache ein. Es war bloß nicht seine eigene.

Man brauchte nicht die Hilfe eines berühmten Gelehrten, um rauszukriegen, wen Xander nachahmte. In Buffys Träumen stand die Begegnung zwischen Samantha Kane und Sarah Dinsdale zwar noch aus, aber die Jägerin und die Hexe mußten sich schon einmal von Angesicht zu Angesicht gesehen haben. Buffy erkannte Sarah mit jener Gewißheit, die aus echter Erinnerung stammt.

Buffys Gefühle entsprachen dem, was Samantha empfunden haben mußte, denn von diesem Augenblick an haßte sie das Wesen in Xanders Körper, haßte es von ganzem Herzen. Sie fauchte und schien kurz davor, ihrem armen Freund an die Gurgel zu gehen.

„Buffy! Xander ist doch nicht dein Feind!“ zischte Giles. „Er ist nur besessen!“

„Wir bekommen ihn besser heil zurück, wenn sie weg ist, sonst wird diese Dinsdale dafür bezahlen!“

„Und wo willst du mich finden“, fragte Xander. „In dieser Welt oder der anderen?“

Giles blieb der Mund offenstehen. „Sarah Dinsdale?"

Xander warf den Kopf nach hinten, als wollte er die Haare beiseite streichen. „Zu Euren Diensten. Ich sehe, daß ich gerufen worden bin. Das überrascht mich nicht. Es war unvermeidbar, daß ich eines Tages unter den Berufenen sein würde."

„Du klingst, als hättest du schon einmal mit Séancen zu tun gehabt", meinte Willow.

Xander – oder Sarah – blickte sich in der Bibliothek um und sagte fast lässig: „Natürlich. Aber ich war immer einer der Teilnehmer, nie derjenige, der gerufen wurde."

„Wen habt ihr gerufen?" wollte Buffy wissen. „Den Meister?"

Sarah fiel merklich in sich zusammen. „Ich habe nie von einem Meister gehört. Zu meiner Zeit rief ich – und ich schäme mich jetzt unendlich dafür – ein Wesen der Finsternis, das der Verachtete genannt wurde. Meine einzige Entschuldigung dafür ist, daß ich nichts war als eine einsame, eigensinnige Herrin der Schwarzen Magie. Man hatte mir erzählt, er würde meine furchtbare Einsamkeit lindern."

„Wir würden gern etwas wissen", sagte Giles nun. „Über dich und Samantha Kane."

Immer noch zuckten Blitze. Draußen begann es zu nieseln, und in der Bibliothek wurde es eiskalt.

Sarah ließ beschämt den Kopf hängen. „Ich verstehe. Aber was könntet Ihr von mir über Samantha Kane wissen wollen – außer, daß ich verantwortlich für ihren Tod bin."

Giles setzte sich zwischen Buffy und Sarah. „Alles! Es wurde vorausgesagt, daß heute nacht das, was einst getan wurde, wieder getan werden soll. Die offizielle Geschichtsschreibung gibt uns jedoch zu spärliche Informationen, als daß wir verhindern könnten, daß es dieses Mal erfolgreich getan wird."

„Ihr sprecht von der Prophezeiung? Ich wußte nicht, daß die Zeit schon gekommen ist."

„Wie kannst du etwas über Eisenbergs Prophezeiung wissen?" fragte Giles.

Sarah blickte ihn an, als sei er ein bißchen naiv. „Geister müssen von solchen Dingen wissen. Nun bin ich wirklich froh, daß Ihr mich gerufen habt. Ich verfüge leider nicht über Mittel, um Euch auf der materialen Ebene zu helfen. Aber ich kann Euch einige Informationen geben."

„Das wäre überaus hilfreich", erwiderte Giles. Draußen hatte sich der Nieselregen zu einem regelrechten Wolkenbruch entwickelt. Ein frischer, kräftiger Wind kam auf, der die Bäume bog und das Wasser in den Pfützen aufspritzen ließ.

„Erzähl uns doch, was passierte, nachdem du versucht hattest, Samantha Kane mit Hilfe der toten Hand zu ermorden!" sagte Buffy höhnisch. Sie wußte, daß sie sich nicht so hinreißen lassen sollte, konnte sich aber nur schwer beherrschen.

„Ich glaubte, daß ich nur einen Leichnam wiedererweckt hatte. Den eines Seemannes, der an jener Stelle gestorben und beerdigt worden war, vor langer, langer Zeit. Zu meiner Schande hatte ich nicht gemerkt, wie stark meine Fähigkeit zur Wiedererweckung der Toten war. Ohne es zu wollen, hatte ich außer ihm noch andere erweckt – viele andere. Indianer, die an den Seuchen der Weißen zugrunde gegangen waren. Siedler, die in harten Wintern, und Mütter, die im Kindbett gestorben waren. Seelen, die noch keine Ruhe gefunden hatten.

Ich weiß nicht genau über die Einzelheiten Bescheid, weil ich nicht dort war. Ich weiß nur das, was andere Geister mir seitdem erzählt haben. Ich weiß, daß von Salem aus rachsüchtige Männer ritten, um mich wieder einzufangen, und daß diese von den auferstandenen Leichnamen attackiert wurden."

„Das steht nicht in unserem Geschichtsbuch!" rief Willow aus.

Sarah lächelte und zuckte mit den Achseln. „Solche Ereignisse finden sich dort selten." Offenbar gefiel es ihr immer noch, daß ihre Peiniger ein grausames Ende gefunden hatten, wie sehr sie auch seitdem hatte leiden mögen.

Xander/Sarah ging zum Fenster hinüber und blickte hinaus. „Ich lief durch den Wald zu einem Ort, der von allen Wilden, egal ob Indianer oder Puritaner, gleichermaßen gefürchtet und gemieden wurde. Die Gewitterwolken ballten sich am Himmel, und es begann zu regnen, genau wie jetzt auch.

Es regnete immer noch, als ich endlich mein Ziel erreichte. Es waren keine drei Stunden mehr bis Sonnenaufgang. Zuerst dachte ich, ich sei zu früh, weil keiner auf mich wartete. Doch als ich meinen Fuß auf diese Stätte setzte, begann ich zu ahnen . . . daß all meine Träume und Pläne der vergangenen Jahre vielleicht nur Teil eines schlimmen Mißverständnisses gewesen waren. Dieser Ort konnte auf keinen Fall von Menschenhand geschaffen worden sein."

„Warum das?" fragte Giles.

„Plötzlich war der Wald innerhalb fest umrissener Grenzen verschwunden, wie abgeschnitten. Nicht einmal ein Baumstumpf blieb von den mächtigen Baumriesen übrig. Statt dessen befanden sich auf freiem Feld nun dreißig massive Steinquader, die annähernd eine Hufeisenform bildeten. Auf ihnen lagen weitere Quader, die entweder einen Eingang oder eine Grenze markierten.

Die Steine waren grau, aber sie glühten in einem leuchtenden Blau, das weder durch die Dunkelheit noch durch den Regen getrübt werden konnte. Ich wußte sofort – mit der instinktiven Sicherheit eines Menschen, der im Übernatürlichen geschult war –, daß diese Platten nicht von der Erde stammten. Aber von wo waren sie gekommen?

Meine wunderbaren Fähigkeiten boten mir zunächst keinen Schlüssel. Bis ich in den Sturmwolken ein kleines Loch entdeckte, durch das der Mond schien . . ."

„Es waren Steine vom Mond!" rief Willow aus. „Aber wie kann das sein?"

„Ein kleiner Schritt für den Verachteten", bemerkte Buffy trocken, „ein großer für die Menschheit."

„Manche Gesteine, die man in der Antarktis fand, kamen vom Mars", warf Giles ein. „Es waren Splitter, die durch den Aufprall großer Meteore von der Marsoberfläche gesprengt wurden. Dann trudelten sie durch das Sonnensystem, bis sie vom Gravitationsfeld der Erde eingefangen wurden. Offensichtlich ist dasselbe auch mit Mondgestein passiert."

Buffy sah nun vor ihrem inneren Auge den Mond, der von einem Riesenmeteor getroffen wurde . . . und wie sich ein riesiger Krater bildete und große Steinquader ins Weltall geschleudert wurden.

Sarah ging derweil zu ihrem Platz am Tisch zurück. Buffy sah, daß sie sich kaum wahrnehmbar in den Hüften wiegte. „Ich stand dort im Regen und wartete. Mir war kalt, ich war hungrig und ich fühlte mich elend. Zum ersten Mal fragte ich mich, was ich hier tat. In dem Augenblick wußte ich noch nicht, welches Leid mein Fluch ausgelöst hatte, oder daß mein Körper schon als Übermittler der Kräfte des Übernatürlichen wirkte.

Mir blieb wenig zu tun als zu warten und den Sturm zu beobachten – es war der stärkste Sturm, den ich je gesehen hatte. Sogar der weit entfernte Donner war so laut, daß er fast taub machte; die fernen Blitze blendeten die Augen. Ich wanderte ziellos zwischen den Quadern herum. Und je näher ich an irgendeinen der Steine herantrat, um so stärker fühlte ich eine fremde Energie in mir.

Plötzlich wurde ich von einem Blitzschlag getroffen. Der Blitz war so stark, daß ich eigentlich zu Asche hätte verbrennen müssen. Doch wunderbarerweise blieb ich unversehrt. Ich war in einer Blase aus blauem Licht gefangen, die mich hoch in der Luft festhielt wie einen Fisch im Netz. Ich konnte mich nicht bewegen und nicht mehr zusammenhängend denken.

Ich sah hilflos zu, wie vier Menschen an verschiedenen Stellen aus dem Wald traten – und ich wollte schier verzweifeln, als ich das Ausmaß der Falle sah, die mir da gestellt worden war."

„Wie auch die Mächtigen auf den Hintern knallen können, was, Sarah?" reizte Buffy ihre Gegnerin.

Wütend fuhr Sarah zu ihr herum. Ihre Hände zuckten. „Obgleich meine derzeitige männliche Reinkarnation keinerlei Übung darin hat, sich die Kräfte des Übersinnlichen nutzbar zu machen, kann ich selbst immer noch genug Stärke aufbringen, um einen Fluch über dich auszusprechen. Ich rieche in dir die selbstgerechte Zufriedenheit der Jägerin!"

„Also gut, ihr beiden, hört jetzt auf!" rief Giles. „Wir müssen zum Kern der Sache vordringen, bevor uns die Zeit davonläuft."

„Laß mich raten", meinte Buffy. „Die vier Leute waren Cotton Mather, Richter Danforth, Sheriff Corwin und Heather Putnam."

„Ja. Wie kannst du das wissen?"

„Eine Jägerin weiß das."

„Mich beachteten sie gar nicht, in ihren Augen war ich nichts Besseres als eine Vogelscheuche. Ihre Reden zeigten mir, daß sie insgeheim dem Verachteten huldigten und die letzten Monate pflichtbewußt seinen Anweisungen gefolgt waren – genau wie die hirnlosen Schafe, für die ich sie immer gehalten hatte. Ich hatte nur nicht geahnt, daß der Schäferhund der Herde kein Geringerer als der Verachtete selbst war.

Der dumme Cotton Mather glaubte tatsächlich, sein

Handel mit dem Verachteten würde sich als Segen für die Menschheit erweisen. Während er seine Seele dem Teufel vermachte, wenn er die Unschuldigen wegen Hexerei verurteilte, hoffte er, viele andere dem Wort Gottes zuzuführen. Er war sicher, daß der Allmächtige ihm dann vergeben und seine Seele in den Himmel aufnehmen würde. Ich glaube ganz bestimmt, daß Cotton Mather, hätte der Plan des Verachteten Erfolg gehabt, als einer der ersten verschlungen worden wäre."

„Guten Appetit!" flüsterte Buffy; sie meinte damit allerdings niemanden konkret.

„Ich sah fasziniert und erschrocken zu, wie die vier Schafe die Zeremonie abhielten, mit der man den Verachteten rief. Bei mir hatte das nie gewirkt, aber ich hatte es auch immer allein versucht. Ich war allein, und ich war benutzt worden, das war mir inzwischen klar. Aber diese Menschen glaubten noch immer, daß sie aus freiem Willen handelten!

Eine vielzackige Gabel gleißenden weißen Lichtes traf die aufrecht stehenden Steinquader. Ich verrenkte mir den Hals in meinem blauen Gefängnis und konnte sehen, daß nun ein mächtiger weißer Bogen vom Himmel herabreichte, der aussah wie ein riesiges Kirchenschiff. Dieser Blitz starb nicht – er schien sich aus unsichtbaren Quellen der Macht immer wieder zu erneuern.

Der Sturm nahm an Stärke zu, der Wind heulte wie ein Rudel hungriger Wölfe. Es schüttete wie aus Kübeln, doch der Regen vermochte die seltsamen blauen Flammen, die um die Steinblöcke züngelten, nicht zu löschen. Die vier Teufelsanbeter hielten sich an den Händen und führten einen langsamen, abstoßenden Tanz auf. Ich spürte, wie ihre vergifteten Seelen sich über die Leiber erhoben – und dann fühlte ich, wie die Pforten meiner Wahrnehmung sich auf eine Weise öffneten, die mir gar nicht gefiel. Dieser Tanz übte eine enorme Macht aus, auch auf mich.

Ich erkannte, daß ich nichts als eine blutige Anfängerin war, wenn es darum ging, dem Meister zu dienen. Sicherlich war ich für ihn nur ein Bauer in seinem Spiel gewesen – diese vier Menschen waren geübt und sehr sicher in dem, was sie taten.

Plötzlich begannen sie zu singen. Tausend winzige Nadelstiche peinigten meinen Leib, jeder Nerv tat unsäglich weh. Und doch heilten die Schrammen und blauen Flekken, die ich mir auf der Flucht zugezogen hatte, spurlos ab. Auch meine Kleidung wurde von den okkulten Energien wieder instand gesetzt. Offenbar wünschte der Verachtete, daß sein Opfer präsentabel sein sollte. Dann begann mein Blut zu fließen. Ich schrie – doch ich hörte keinen Laut. Dieser unheilige Ort hatte mich stumm werden lassen."

„Das ist wirklich aufregend!" flüsterte Willow Buffy zu.

„Nicht, wenn du dir vor Augen hältst, daß gemäß Eisenbergs Prophezeiung diese Zeremonie jetzt wieder abgehalten werden soll", erinnerte sie Giles.

„Wo will er denn diese Mondsteine herkriegen?" fragte Willow.

„Tja, Sunnydale liegt da echt nicht an der richtigen Stelle des Sonnensystems", meinte Buffy. Dann dachte sie noch einmal nach. „Oh, oh. Stimmt nicht." Und sie tippte auf das Bild, das den Einband ihres Traumtagebuchs zierte.

„Wollt ihr vielleicht mal ruhig sein? Sind denn in diesem Zeitalter alle Anstandsregeln verlorengegangen?" entsetzte sich Sarah.

„Daran ist die Glotze schuld", erklärte ihr Buffy. Als Sarah fortfuhr, warf sie einen flüchtigen Blick auf die glühende Urne.

„Der Boden unter diesen tanzenden Dummköpfen wurde wie durch alchimistischen Zauber verwandelt. Er wurde durchsichtig, die Farben spielten zwischen Dunkelviolett und Hellrosa. Von meinem erhöhten Standpunkt aus konnte ich die Feuer der Unterwelt sehen. Die Teufelsanbeter steigerten ihren Tanz zu einem rasenden Höhepunkt und fielen auf die Knie. ‚Der Verachtete kommt!' schrien sie. ‚Bald schon wird seine Gegenwart auf der ganzen Erde verkündet werden, und die Schöpfung wird sich umkehren!'

Der Sturm steigerte sich zu einem Orkan. Bäume fielen um, als würden sie von einer Axt gefällt. Die Erde bebte. Die blauen Blitze wurden heftiger und heißer, der Donner wurde lauter und dröhnte in den Ohren. Geflügelte Wesen mit Klauen und Reißzähnen zogen in Formationen durch die Wolken. Meine Gedanken versanken in einem Abgrund der Hilflosigkeit. Ich glaubte nicht, daß die Schöpfung sich umkehren würde – ich war sicher, sie würde sich in ein Chaos auflösen.

Die Teufelsanbeter jubelten, als plötzlich eine grüne Hand, die mit Schwimmhäuten versehen war, aus der durchsichtigen, jetzt blutroten Erde hervorragte. Der Verachtete war erschienen!

Tatsächlich – *er* war auferstanden! Er trat auf den festen Erdboden, als hätte er bereits seinen größten Widersacher besiegt! Sogar von meinem entfernten Beobachtungsposten aus konnte ich erkennen, daß er das häßlichste Geschöpf war, das je auf Erden wandelte. Sein Leib sah aus wie der eines Drachen, eines riesigen Lindwurms. Seinem Mund fehlten die Lippen, er atmete aus riesigen, aufgeblähten Nasenlöchern. Und die Zähne! In meinen Studien obskurer Lebewesen war ich einmal auf eine Fischart gestoßen, die in der südlichen Hemisphäre beheimatet ist – eine gierige, fleischfressende Spezies mit zwei Reihen scharfer, spitzer Zähne. Und diesen glichen die Zähne des Verachteten!

Ich wußte, daß die Welt nun in eine Verheerung biblischen Ausmaßes stürzen würde, und ich konnte nichts dagegen tun. Niemand konnte irgend etwas dagegen tun! Niemand – außer Samantha Kane. Sicherlich hatte sie sich nicht so lautlos genähert, wie es schien. Vielleicht hatte der Sturm den Hufschlag ihres galoppierenden Pferdes übertönt. Ich bin mir sicher, daß ich sie als erste erblickte. Und ich glaube, mein Erstaunen war nicht so gewaltig, daß ich die anderen damit gewarnt hätte.

Auf jeden Fall waren die vier sehr überrascht, als Samanthas Pferd plötzlich auf sie zu galoppierte. Heather Putnam und Cotton Mather wurden zu Boden gerissen, während Sheriff Corwin und Richter Danforth wie angewurzelt dastanden. Sie waren unfähig, etwas zu tun. Ich kann es ihnen nicht verdenken – wäre ich in ihrer Lage gewesen, hätte ich mich ebenfalls nicht rühren können.

Als Kanes Pferd an dem Verachteten vorbeigaloppierte, sprang sie aus dem Sattel und warf sich auf das Ungeheuer. Beide fielen, aber Samantha Kane behielt die Oberhand. Während sie den Verachteten mit ihrem Gewicht zu Boden gedrückt hielt, fügte sie ihm mit dem Messer, das sie in der einen Hand hielt, viele Wunden zu. Gleichzeitig begoß sie ihn mit Weihwasser aus einer Flasche in der anderen Hand. Sie badete sein Gesicht förmlich in dem heiligen Wasser. Selbst im dichten Regen konnte ich erkennen, wie Rauch von seinem Kopf aufstieg; ich sah, wie diese gräßlichen Züge sich in etwas Formloses verwandelten, das noch abscheulicher war. Und ich hörte so entsetzliche Schreie, daß ich tiefstes Mitleid gefühlt hätte, wären sie nur von einem anderen Wesen gekommen.

Der Verachtete verfügte anscheinend nicht über Kampferfahrung, aber nichtsdestotrotz versuchte er, Samantha Kane niederzuringen. Sie kämpften furchtbar miteinander und rollten über den schlammigen Boden, während die anderen, die bloßen Handlanger, untätig dabeistanden und sich hilflos und um Rat suchend anstarrten. Was natürlich ergebnislos blieb.

Dann war es vorüber; Kane hatte den Sieg errungen. Doch er war teuer erkauft: Beide rollten in eine Kluft im aufgerissenen Boden hinein – im letzten Augenblick, bevor er sich wieder schloß. Bevor sie verschwanden, sah ich, wie der Verachtete seine Zähne in ihre Schulter schlug und ein riesiges Stück herausriß. Samantha Kane war sicher bereits verblutet, als sich die Erde wieder über ihnen schloß."

„Du scheinst ja nicht gerade traurig darüber zu sein", bemerkte Buffy.

„Warum sollte ich? Lebt sie denn nicht irgendwie in dir weiter?"

„Wie du in Xander?" fragte Willow an Sarah gewandt.

„Gut, ich nehme alles zurück. Das Wesentliche von Sarah Dinsdale bewohnt vorübergehend dieses menschliche Gefäß namens Alexander Harris, aber ich würde das nicht ‚leben' nennen. Wie dem auch sei ... es ist immer noch besser, als von den Grenzen der Nichtexistenz behindert zu sein. Ich nehme an, ihr möchtet jetzt noch hören, was geschah, als mein übernatürliches Gefängnis verschwand und die vier Teufelsanbeter den unheiligen Ort flohen, um ihre Rollen der bürgerlichen Wohlanständigkeit zu spielen?"

„Ich weiß nicht genau, ob wir dafür noch Zeit haben", sagte Buffy. In diesem Augenblick erscholl ein lauter Donnerschlag über der Schule. Sie sah, daß die Urne mit der Asche darin zu zittern begonnen hatte, als ob sie inmitten eines Erdbebens stünde.

„Ich glaube, wir sollten lieber so schnell wie möglich hier raus", sagte Giles.

„Kann ich die Urne nicht in den Gully schmeißen oder so was, so wie die das im Film immer machen?" fragte Buffy.

Giles streckte die Hand nach der Urne aus, doch er zuckte zurück, bevor er sie berühren konnte. „Sie ist viel zu heiß."

„Verdammt", meinte Buffy. „Und ich hab keine Handcreme dabei. Sie haben recht. Okay, ich mach mich vom Acker. Xander? Oder sollte ich Sarah sagen? Kommst du mit?"

„Na schön, ich habe jetzt genug gehört", sagte eine Stimme über ihnen, von der Galerie herab.

Xander/Sarah war ein bißchen langsam in ihren Reaktionen, aber die anderen drehten sich zu dem Eindringling just in dem Augenblick um, als ihnen das Blitzlicht eines Fotoapparates die Augen blendete.

„MacGovern!" rief Buffy und versuchte, die schwarzen Flecken vor ihren Augen wegzublinzeln. „Wie lange stehen Sie schon da?"

„Lange genug, um mitzukriegen, daß ihr vier zu einer Sekte gehört, die plant, die Weltherrschaft zu übernehmen!" rief MacGovern triumphierend. Sein Gesicht war puterrot, und er atmete schwer. Buffy wollte schon heftig protestieren, als er die Kamera schon wieder hob und noch ein Bild schoß, diesmal von Xander.

„Was für ein heimtückischer Zauber ist das?" rief Sarah, wich zum Stuhl zurück und plumpste darauf nieder.

„Das ist die Wissenschaft des vierten Standes, junger Mann, äh, junge Dame", erwiderte MacGovern sowohl trotzig als auch verwirrt. „Und jetzt, da ich meine Beweise habe, wird die ganze Welt erfahren, was in der Bibliothek der Sunnydale High School vor sich geht!"

„Nein, das sollten Sie nicht veröffentlichen!" protestierte Giles. „Wenn die Leute Ihnen tatsächlich glauben, wird hier nie mehr Ruhe herrschen!"

„Miss Summers hätte daran denken sollen, bevor sie versuchte, die Weltherrschaft zu übernehmen!" gab MacGovern zurück.

„Buffy! Schnell!" sagte Willow. „Hau ihm eins über den Schädel! Vielleicht bringt ihn das wieder zur Vernunft!"

„Dazu ist es jetzt zu spät!" triumphierte MacGovern

und versuchte, an ihnen vorbei zur Tür zu gelangen. „Laßt mich bloß gehen. Es war mein verfassungsmäßig verbrieftes Recht, hier einzudringen!“

Plötzlich explodierte die Urne. Alle waren sofort mit Asche überstäubt, und ihnen war speiübel – allen außer MacGovern. Er hatte einen der vier blauen, an Duschvorhänge erinnernden Ektoplasmanebel abgekriegt, die nach der Explosion durch den Raum waberten. Der blaue Nebel zeichnete die Konturen seines Körpers nach, bis er vollkommen von der Substanz erfüllt war. Die vier Spiritisten merkten es zuerst nicht, weil ihnen noch immer speiübel war – und weil die blauen Nebelfelder durch einen neuerlichen Blitz, der auf dem Schulgelände niederging, kurzzeitig nicht zu sehen waren. Dann hörte man entfernt ein Geräusch, als ob eine Mauer einstürzte.

„Wir sind erledigt!“ rief Giles aus, während er rücklings auf eine Couch stolperte, als hätte ihn ein Hammerschlag zu Fall gebracht. Der Schweiß auf seinem Gesicht, vom Fieber ausgelöst, brachte die Asche zum Herabrinnen.

„Warum sagen Sie das?“ fragte Willow besorgt. „Ist es Ihr Fieber?“

„Oder ist irgend etwas passiert, über das wir Bescheid wissen sollten?“ fragte nun Buffy ein wenig argwöhnisch. Sie kannte Giles' Angewohnheit, brisante Informationen bis zum letzten Augenblick geheimzuhalten.

„Ich glaube schon“, meinte er. „Wer auch immer die gegenwärtigen Ereignisse manipuliert, um die Prophezeiung des ‚Doppelten Duells‘ zu erfüllen – er hat auch die mystischen Kräfte benutzt, die während der Séance auf diese Urne projiziert waren, um ein Tor zwischen dem Reich der Lebenden und der Toten zu öffnen.“

„Wissen Sie, es erstaunt mich immer wieder, wie Sie so eine Menge Zeugs auf einmal sagen können, ohne auch nur einmal Luft zu holen“, merkte Xander an.

Willow mußte sich zurückhalten, um ihm nicht um den Hals zu fallen. „Xander! Du bist . . . wieder du selbst!"

„Wer denn sonst?"

„Uhrenvergleich", forderte Buffy.

Xander blickte auf seine billige Armbanduhr, die er in einem Hamburger-Schuppen gekauft hatte; eine gelbe Uhr mit einem Smiley darauf, nur daß dieses hier drei Augen hatte. „Hey! Es war doch eben erst acht! Wo war ich? Oh, nein, ich war doch nicht schon wieder ein Mädel? Bitte nicht!"

„Ich fürchte ja", meinte Buffy. „Wir wollten dir gerade ein Make-up verpassen."

„Deine Identitätskrise muß noch etwas warten", sagte Giles hustend. Er nickte zu MacGovern hinüber. „Wir haben jetzt dringendere Probleme."

Xander schien endlich den Reporter zu erkennen. „Ach, ich glaube nicht, daß wir überhaupt noch mit MacGovern reden."

Die Mädchen wichen unwillkürlich ein paar Schritte im Raum zurück. Giles schauderte einen Moment lang. Xander nieste. MacGovern, der seine Kamera wie eine Waffe vor sich hielt, atmete keuchend und funkelte einen nach dem anderen wütend an. Eine bemerkenswerte Veränderung war mit seiner Körperhaltung vor sich gegangen: Er stand nun aufrechter und nahm die Schultern zurück. Er versuchte, sein Jackett zu einem besseren Sitz zu bringen, doch das mißlang. Er blickte auf sie herab wie ein Herrscher – was ihm von seiner erhöhten Warte auf der Galerie nicht unbedingt schwerfiel.

„Ich kenne dich!" rief Buffy aus. „Du bist Cotton Mather! Wo ist das Blut?"

MacGovern/Mather blickte sie finster an. „Ich verstehe den Sinn deiner Worte nicht, Sünderin."

„Das Blut, das an deinen Händen klebt!"

Er kicherte vor sich hin. „Oh, das ist gut." Er inspizierte

die Hände des Reporters, die im Moment die seinen waren. Offenbar gefiel ihm das. „Da ist es ja. Diese Hände sind auf jeden Fall nicht so rein, wie MacGovern es gerne hätte."

„Also Mather heißen Sie, he?" fragte Xander. „Wie war noch mal Ihr . . . ?"

MacGovern bedeutete ihm mit einer Handbewegung zu schweigen. „Nicht. Du hast ja keine Ahnung, wie oft ich diese Frage im Fegefeuer schon gehört habe." Mather lächelte wie ein Engel. „Ich bin wiedergekehrt, um meinen Teil dazu beizutragen, die Unterwelt auf die Erde zu holen. Die Zeit ist gekommen für das, was man heutzutage eine Machtergreifung nennt."

„Ach, nun hören Sie schon auf", meinte Xander. „Was hat Ihnen die Menschheit denn Schlimmes angetan?"

„Sie existiert."

„Und nun sind Sie ein wenig verbittert", sagte Willow in einem Versuch, ihn friedlich zu stimmen, „weil Sie die letzten dreihundert Jahre nicht gerade eine gute Zeit hatten. Aber das ist doch kein Grund, so negativ an die Dinge heranzugehen."

Mather richtete sich zu seiner vollen Größe auf und zeigte mit dem Finger genau auf Willows Nase. „Schweig, Weib! Ich bin kein offenes Buch, in dem du nach Belieben lesen kannst!"

„Das macht den Kohl auch nicht mehr fett", sagte Buffy seelenruhig. „Wir wissen schon längst, wie's mit dir zu Ende gehen wird."

„Und mit dir auch, leider!" schnappte Mather zurück. „Nun, ich muß ein wichtiges Ingredienz für die Wiederauferstehung besorgen. Bye!" Er verschränkte die Arme vor der Brust und hechtete auf ein geschlossenes Fenster zu, um sich hinauszustürzen. Buchstäblich in letzter Sekunde hielt er an, kreidebleich vor Schreck.

„Die Gitter sind aus Metall gefertigt", erklärte Giles.

Selbst in seiner betrüblichen Lage konnte er sich ein Grinsen nicht verkneifen.

„Die Pest über euch!" schrie Mather. Und bevor sie seine Absichten erraten konnten, war er über das Geländer der Galerie gesprungen und auf dem Tisch gelandet, mitten auf dem Pentagramm. Ein Blitz zuckte, gefolgt von ohrenbetäubendem Donner. Alle Lichter in der Bibliothek gingen für ein paar Sekunden aus, während draußen ein neuerlicher Blitz einschlug. Buffy bemühte sich, die Kerzenflammen auszutreten.

So hatte Mather Zeit, vom Tisch zu springen und zur Vordertür hinauszuflitzen.

„Wenn wir das nächste Mal eine Séance abhalten, Giles", sagte Buffy, „sollten Sie daran denken, die Tür von innen abzuschließen."

„Eins zu null für dich", sagte Giles. Dann erbrach er sich.

8

Der schwarze Regenmantel, den Buffy von Giles geliehen hatte, war ihr viel zu groß, aber immerhin hatte er eine Kapuze, die ein bißchen vor dem Regen schützte. Obwohl sie schon völlig außer Atem war, rannte sie immer weiter in Richtung Kunstgalerie. Sie hoffte, MacGovern/Mather noch davon abhalten zu können, sich der „Mondmann"-Statue von V.V. Vivaldi zu bemächtigen.

Sie raste durch ein Einkaufszentrum, quer durch einen kleinen Park und schließlich durch ein äußerst feudales Villenviertel. Wenn sie einen so ausgedehnten Weg durch Sunnydale zurückzulegen hatte, bat sie für gewöhnlich Giles um Hilfe. Der war allerdings im Moment wegen 40 Grad Fieber verhindert und nahm eine eiskalte Dusche in der Jungenumkleide. Xander sollte nach ihm schauen, während Willow im Internet surfte – in der Hoffnung, etwas über Prinz Eisenberg, den *Eibon*, V.V. Vivaldi oder überhaupt irgend etwas zu finden, das helfen konnte, die bevorstehenden Stunden nicht als haargenaue Wiederholung der Vergangenheit ablaufen zu lassen.

Buffy haßte Prophezeiungen, besonders diese. Normalerweise mochte sie vor sich selbst nicht zugeben, wenn sie Hilfe benötigte, aber dieses Mal fiel ihr das nicht schwer. Zu schade, daß Angel nicht irgendwo in der Nähe war. Er tauchte oft genau dann auf, wenn er Angst hatte, daß sie sich übernehmen würde. Aber heute war er nirgendwo zu erblicken. Buffy nahm an, daß selbst ein Vampir mit schlechtem Gewissen eine Art Privatleben haben müsse – das heißt, wenn er nicht gerade dabei war, irgendwo 'ne Blutbank auszuräumen.

Der Regenmantel hielt die Nässe ab, Buffys Schuhe allerdings waren total durchweicht. Ihre Zehen fühlten sich schon an wie kleine Ringelwürmer.

Aber ihr Jägerinstinkt funktionierte bestens: Sie wußte ganz genau, daß der Wagen, der ihr folgte, den Churchs gehörte. Auch die waren auf ihre Art Profis. Wenn Buffy eine Abkürzung nahm oder durch eine enge Nebengasse rannte, spürten sie sie nach kurzer Zeit wieder auf. Buffy hegte den leisen Verdacht, daß die beiden tiefer als erwünscht in diese Affäre verwickelt waren. Sie fragte sich auch, ob die Churchs schon die anderen Scheinwerfer – die eines Lastwagens – bemerkt hatten, die sie seit einiger Zeit verfolgten. Gut möglich – sicher waren sie inzwischen an eine gewisse Aufmerksamkeit der Medien gewöhnt.

Auch wenn es Buffy vielleicht nicht gelingen sollte, den Diebstahl des „Mondmannes“ zu verhindern, so mußte sie wenigstens die vier Teufelsanbeter daran hindern, ihren Tanz wiederaufzuführen. Sie hoffte, die ganze Prophezeiung würde zusammen mit Smog und Pollen durch das Unwetter weggewaschen, wenn sie ein Element des ursprünglichen Ereignisses daran hindern konnte, seinen Platz in dem Puzzle einzunehmen.

Buffy war noch eine halbe Meile von der Galerie ihrer Mutter entfernt, als sie Mather endlich entdeckte. Er war total durchnäßt und latschte mitten auf der Straße dahin, die wegen des Sturms völlig verlassen war: Jeder, der nur ein bißchen gesunden Menschenverstand besaß – oder dessen Körper nicht zufällig von einem wiederauferstandenen Geist okkupiert wurde – blieb bei einem solchen Wetter zu Hause.

Es tat gut, das Tempo ein bißchen zu drosseln. Buffys Herz pochte so heftig, daß sie erstaunt war, die Schläge nicht genauso laut wie das ständige Donnern am Himmel hören zu können. Doch auch in langsamerem Tempo rückte sie dem Verfolgten näher. Als sie ungefähr hundert Meter von der Galerie entfernt waren, sah Buffy das Auto ihrer Mutter, das vor dem Gebäude geparkt war. Na super! Es war schon schlimm genug, daß sie in diesem Szenario mitspielte. Aber nun würde Mom vielleicht auch noch spitzkriegen, daß ihre Tochter eine Schlüsselrolle im immerwährenden Kampf zwischen Gut und Böse spielte. Buffy fragte sich, ob man wohl auch im ewigen Leben Hausarrest kriegen kann . . .

Es gab nur eines zu tun – sie mußte der Situation ins Auge sehen und den Stier bei den Hörnern packen.

„Mather!" schrie sie daher.

Mather hielt jäh an und drehte sich um. Er hatte die ganze Zeit seine Kamera bei sich getragen, die inzwischen genauso triefend naß war wie er selbst. Rinnsale tropften von seiner Hutkrempe, und sein billiger Mantel klebte wie eine Plastikfolie an dem ebenso billigen Hemd. „Was willst du denn?" schrie er. „Glaub ja nicht, daß du dich hier einmischen kannst."

„Warum? Haben Sie Angst, ich könnte vor meiner Zeit sterben?" fragte Buffy zurück. Dabei versuchte sie, so nahe wie möglich an ihn heranzukommen, um ihren Angriff wirkungsvoll durchführen zu können.

„Es spielt keine Rolle, wann du stirbst. Sterben wirst du auf jeden Fall! Und solltest du noch vor der Zeremonie das Zeitliche segnen – um so besser. Eine Gefahr weniger, daß es Komplikationen geben könnte."

„Ist ja niedlich, daß Sie Angst vor Komplikationen haben."

Mather knurrte böse und schleuderte die Kamera nach Buffy. Sie wich geschickt aus, und der Apparat zerschellte auf dem Bürgersteig. Dabei sprang der Film heraus. Es schien, als bliebe ihr das Glück treu, zumindest kurzfristig. Buffy konnte nicht anders, sie mußte laut lachen.

Mathers Reaktion darauf traf sie unerwartet – weil es eine typische Reaktion von MacGovern war: „Hey, was ist denn daran so lustig?" fragte er indigniert. Seine königliche Haltung wirkte einen Moment lang so, als habe man die Luft rausgelassen, aber schnell richtete er sich wieder zu voller Größe auf und sagte laut: „Laß mich in Ruhe. Bleibe ein Unterdrückter, wie es dir bestimmt ist, dann magst du diese Nacht überleben." Dann blickte er Buffy an. „Du hingegen solltest deinen Frieden mit dem Schöpfer machen."

„Hey, Sie scheinen aber echte Probleme damit zu haben, wer in Ihnen die Oberhand behält."

Mather, der sein „Gefäß" nun wieder unter Kontrolle hatte, warf einen Blick auf die modernen Gebäude um ihn herum, dann funkelte er Buffy wütend an. „Zu meiner Zeit wußte man, wie man vorlaute Dirnen behandeln muß."

„Man mußte sie auf dem Scheiterhaufen verbrennen?"

„Wir waren sanfte Scharfrichter, wir hängten sie nur auf. In Europa haben sie die Hexen verbrannt!"

„Ich wollte nur mal hören, ob Sie das etwa leugnen!" Buffy ging ein wenig in die Knie und zog einen armdicken Ast hervor, den sie im Park aufgelesen hatte.

Mather wich zurück, und zwar ein ziemliches Stück. „Ich leugne, was nicht der Wahrheit entspricht." Hinter ihm zuckte ein Blitz und ließ seinen Schatten über die Straße wachsen.

Ein paar Blocks hinter ihnen näherte sich das Auto der Churchs. Die Scheinwerfer wurden ausgeschaltet. Langsam rollte der Wagen vorwärts.

„Dann leugne das hier!" rief Buffy. Sie machte sich Mathers momentane Zerstreutheit zunutze, brach den Ast in zwei spitze Pflöcke und schoß mit einer Drehung auf Mather zu. Sie verwickelte sich bei dem Manöver zwar ein bißchen im Regenmantel, aber das minderte ihre Stoßkraft nicht.

Mather lachte nur. Buffy sprang hoch und winkelte den Arm an, um ihm den Pflock ins Herz zu treiben – zumindest dahin, wo ein Herz sein sollte.

Mather wich dem Stoß geschickt aus. „Auch ich habe Unterricht bei einem Kampfmeister genossen“, erklärte er, während er ihr einen Tritt in den Magen verpaßte.

Buffy schaffte es zwar, das Schlimmste abzuwehren, aber die Wucht des Tritts reichte immer noch aus, um sie zu Boden zu werfen. Sie landete rücklings in dem Einstiegsloch eines Kanalschachts, der bis oben voll Wasser stand. Blitzschnell rollte sie sich beiseite und wehrte Mathers nächsten Angriff mit einem Tritt gegen seine Kniescheiben ab. Die Beine knickten unter ihm weg, und Buffy versetzte ihm noch einen Stoß ins Gesicht.

Mather packte ihr Bein, drehte sie und schleuderte sie mit dem Kopf voran auf ein parkendes Auto. Zum Glück gab die Tür nach. Buffy stand schon wieder auf den Beinen, als sie den Boden berührte. Sie fuhr herum und warf einen der Pflöcke, die sie verborgen gehalten hatte, nach Mathers Auge.

Mather wich dem Geschoß aus und wehrte es mit beiden Händen ab, doch dabei verlor er das Gleichgewicht und ging zu Boden. Er nahm den Pflock und warf ihn zurück. Buffy fing ihn aus der Luft.

„Töte mich, und du tötest MacGovern“, warnte Mather. „Besessenheit ist niemals von Dauer. Früher oder später werde ich die Herrschaft an MacGovern zurückgeben.“

Buffy zog die Augenbrauen hoch. Mather hatte recht: Sie mußte vorsichtiger sein. „Woher weiß ich, daß Sie nicht lügen?“ wollte sie wissen.

„Vielleicht spricht ja gerade meine Reporter-Hälfte!“ Er drehte sich um und rannte geradewegs auf die Galerie zu.

Buffy hätte ihn ganz leicht einholen können – mochte er auch besessen sein, seine Beine waren immer noch die eines alten Mannes – aber im Augenblick war sie ziemlich ratlos. Wie sollte sie vorgehen?

Das wurde ihr schlagartig klar, als Mather, der einer

tiefen Pfütze ausweichen wollte, unverschämterweise über die Motorhaube von Joyce Summers' Auto kletterte.

Buffy schoß in mörderischer Wut auf ihn zu. Aber genauso plötzlich stoppte sie mitten im Lauf, rutschte ein Stück weiter und prallte gegen einen anderen Wagen – sie hatte ihre Mutter aus der Galerie kommen sehen.

Mom war nicht allein. Die Putzfrau, Pat, war bei ihr und trug einen Eimer mit Reinigungsmitteln in der einen Hand. In der anderen balancierte sie einen Wischmop. Pat war ungefähr einen Meter fünfzig groß und mochte an die hundertfünfzig Pfund wiegen – sie ähnelte stark einem Hydranten.

„Na, so was, Mrs. Summers, wie schön, Ihre Bekanntschaft zu machen!" schleimte Mather und streckte ihr seine Hand hin.

„Mister, geht es Ihnen nicht gut?" fragte Buffys Mom entgeistert und blinzelte unter ihrem Schirm hervor. „Sie sehen ja furchtbar aus!"

Buffy beobachtete die Szene im Seitenspiegel eines parkenden Wagens. Falls Mather nur eine falsche Bewegung machen sollte, wäre sie zur Stelle.

„Ich sehe furchtbar aus?" rief Mather. „Ich *bin* furchtbar!"

Er packte Mrs. Summers am Handgelenk und riß sie zu sich heran. Sie fiel geradezu in seine Arme, und er klammerte sie fest wie ein Bär. Das Ganze hatte nur eine Sekunde gedauert.

Buffy richtete sich auf und bog den rechten Arm zurück. Sie visierte einen Punkt in Mathers Nacken an.

Joyce Summers blickte währenddessen auf Mathers Fuß. Dann trat sie mit ihrem spitzen Absatz zu.

Mather schrie vor Schmerz auf und ließ sie los, worauf Pat, die Putzfrau, ihn mit ihrem Mop bearbeitete. Sie erwischte ihn am Kopf, und er stolperte zur Seite auf die Treppe zu, die zur Galerie hinaufführte.

„Die Galerie ist geschlossen, Sir“, rief Joyce Summers, die schon ihr Handy aus der Tasche genommen hatte und die Polizei anwählte.

„Das hängt davon ab, wie man es sieht“, gab Mather zurück. Er hatte inzwischen sein Gleichgewicht wiedergewonnen. Und als er sich dem Haupteingang zuwandte, legte er einen Affenzahn zu, so daß man glauben mußte, er wolle durch die Tür brechen. Statt dessen drehte er im letzten Moment ab und rannte geradewegs durch ein Fenster – eines ohne Eisengitter. Glas- und Holzsplitter regneten herab, als er in der Galerie verschwand. Die Alarmglocken heulten los, aber Mather achtete nicht darauf.

„Er hat wirklich keinen Respekt vor dem menschlichen Körper, welchen er auch gerade benutzt“, dachte Buffy, die hinter den geparkten Autos entlangschlich. Sie mußte Mather folgen, auch wenn ihre Mutter sie entdeckte. „Und außerdem: Wenn ich das hier überlebe, kann mir Mom meinetwegen lebenslangen Hausarrest verpassen. Ich sollte meine voraussichtlich letzte freie Zeit nutzen.“ Aber es wäre schon besser, wenn sie unerkannt bleiben würde. Sie zog die Kapuze tiefer in ihr Gesicht.

„Sollen wir nicht hinter ihm her?“ fragte Pat mit sehr lauter Stimme, damit Mather es mitbekam.

„Nein, lassen wir die Profis die Heldentaten begehen“, erwiderte Joyce. „Hallo? Ich möchte einen Einbruch melden.“

„Danke, Mom“, dachte Buffy und nutzte den Augenblick, um im Schutz der Dunkelheit und der Alarmsirenen wie eine Katze auf der Jagd quer über den Bürgersteig zu sausen. Sie begriff, daß die Lage jetzt wirklich verzwickt war: Entweder konnte sie Mather aufhalten, bevor die Polizei eintraf, oder die Polizei würde ihn verhaften, weil er versuchte, Vivaldis „Mondmann“ zu stehlen. Wie es auch kam – nur Darryl MacGovern, ein zwar gewitzter, aber glückloser Reporter, würde es ausbaden müssen.

Um das Gebäude lief ein schmaler, etwas höher gelegter Weg, von dem aus man in die Galerie hineinsehen konnte. Buffy blieb nichts anderes übrig, als sich von den Wasserkaskaden, die dort vom Dach herabströmten, noch mehr durchnässen zu lassen. Sie sah durch ein Fenster und eine offene Tür hindurch bis in einen Raum, in dem der völlig durchnäßte Mather ein Podest begutachtete. Auf diesem Podest stand die „Mondmann"-Statue – die genauso aussah wie die Statue auf dem Einband von Buffys Traumbuch: das Puzzle eines Mannes mit zerhacktem Gesicht.

Buffy schlug das Fenster mit dem Ellenbogen ein, streckte ihre Hand hindurch und drehte den Riegel um. Normalerweise war sie kein Freund von Einbrüchen, aber heute nacht war eine Ausnahme. Die Alarmsirenen machten einen Lärm, als wäre die ganze Stadt von einem gigantischen Erdbeben heimgesucht worden.

Als Buffy endlich am Podest angelangt war, hatte Mather es jedoch schon umgeworfen und die Statue an sich genommen. Sie blickte den Flur entlang und sah gerade noch, wie er die Tür hinter sich zuknallte. Dann blickte sie in die andere Richtung – und sah den ersten Polizisten in den Flur rennen.

Er hatte eine Taschenlampe. Sie vermeinte fast den Strahl auf ihrem Hinterkopf zu spüren, als sie die Kapuze wieder hochschlug und auf den Hinterausgang zurannte. Der Polizist schrie, sie solle stehenbleiben. Er schoß einmal in die Luft – zumindest hoffte Buffy, daß es so war. Sie legte noch einen Zahn zu und erreichte den Hinterausgang. Mather war nirgendwo zu sehen – das war das eine Problem. Und sie mußte sich schnellstens darum kümmern, von der Bildfläche zu verschwinden, bevor der Partner des ersten Polizisten erschien.

Am Zaun hinter der Galerie war ein dichtes Gebüsch. Buffy entschied sich dafür hineinzukriechen und über ihre nächsten Schritte nachzudenken. Sie hechtete auf die Büsche zu – und landete genau auf Mather. Ihre Köpfe stießen so heftig zusammen, daß Buffy Sterne sah.

Als sie wieder klar denken konnte, war Mather bereits verschwunden – wahrscheinlich über den Zaun geklettert. Und hinter der Galerie wimmelte es von Polizisten. Im Grunde waren es nur zwei, die den Boden nach Spuren absuchten – aber unter diesen Umständen waren das zwei zuviel. Buffy hatte keine andere Wahl, als sich in den Matsch zu legen, während der Regen immer noch auf sie herabströmte. Ihr einziger Trost lag darin, so gut versteckt zu sein, daß die Cops sie nicht entdecken würden.

Als die Polizisten weg waren und Buffy endlich über den Zaun klettern konnte, war Mather über alle Berge. Jede Spur, die er möglicherweise hinterlassen hatte, war nun vom Regen verwischt. Und leider waren auch weder der „Hummer" der Churchs noch der Lastwagen zu sehen. Dabei hätte man doch meinen sollen, daß Eric Frank überall zugegen sein würde, wo er Beweise für den Diebstahl der berüchtigten Statue finden konnte!

Buffy aber dachte nicht daran aufzugeben. Sie trabte die Straße entlang, während sie wachsam nach allen Seiten Ausschau hielt.

9

Zuerst einmal mußte Buffy sich melden. Als sie eine Telefonzelle gefunden hatte, stellte sie fest, daß sie keine Münzen dabeihatte. Also rief sie per R-Gespräch in der Bibliothek an und hoffte, daß Giles noch so weit in Form war, das Gespräch annehmen zu können. Buffy wurde ganz mutlos, als Willow sich meldete – die aber immerhin die Gebühren akzeptierte.

„Giles schwitzt so sehr, daß er schon fast dampft", berichtete Willow. „Aber schlimmer wird es wohl nicht. Nach den Aufzeichnungen der Vampirjäger starb Robert Erwin erst, nachdem Sarah Dinsdale einige Tage lang verschwunden war. Deshalb glauben wir, daß es Giles noch ganz gut gehen wird, bis . . . äh, weißt du . . ."

„Das werden wir ja sehen. Du hast noch gar nichts dazu gesagt, wie es Xander geht."

„Weil er nicht hier ist. Er sucht dich."

„Ich dachte, er sollte . . ."

„Buffy, er ist ebensosehr in die Sache verwickelt wie du. Niemand will, daß du das allein durchstehst."

„Klar. Aber ich hoffe, daß Xander und ich nicht am gleichen Ort sein werden, wenn's losgeht – damit die Gleichung diesmal nicht aufgeht, sozusagen."

„Oh. Er hat dich also noch nicht gefunden?"

„Tja, wenn er direkt zur Galerie gegangen ist, wird er vielleicht durch die vielen Polizisten abgeschreckt worden sein. Hast du denn schon was rausgefunden?"

„Nein. Ich hab mir den Kopf zermartert, aber mir fällt einfach nichts ein. Eine Zeremonie in einer nachgemachten Stonehenge-Kulisse . . . wo in unserem lieblichen Sunnydale sollte das stattfinden? Im Augenblick chatte ich mit ein paar englischen Hexen, die behaupten, Stonehenge in einem früheren Leben gebaut zu haben. Sie sind allerdings ein bißchen durcheinander und wissen nicht genau, an welcher der drei Bauperioden sie beteiligt waren."

„Und was sagt der Wetterbericht?"

„Alle Wetterstationen sind in Aufruhr. Es gab in der Atmosphäre keine Anzeichen dafür, daß die Pazifikküste von einem derart heftigen Sturm getroffen werden würde. Jetzt aber wird von Seattle bis San Diego vor Flutwellen gewarnt."

„Besorg mir eine Schnupfenmedizin. Ich bin bald zurück." Buffy nieste. „Bis dann."

„Tschau", antwortete Willow mit schwacher Stimme. Dann legten beide auf.

Buffy blieb in der Telefonzelle, während sie überlegte, was sie als nächstes tun sollte. Sie war müde und verfroren und kaum in der Lage, ihre Furcht vor der Rolle, die sie in der Prophezeiung spielte, im Zaum zu halten. Mußten Vampirjägerinnen sterben, bis endlich mal eine das gesamte Problem löste, oder waren sie ohnehin zum Sterben verdammt? Vielleicht wäre es ja am besten, wenn Xander und sie die ganze Geschichte total vermasselten, indem sie einfach aus der Stadt verschwanden . . . Aber es konnte auch schlimmer kommen, wenn sie das taten. Das war die blöde Sache mit dem Schicksal: Du kannst nie wissen, wann du am Scheideweg stehst.

Die Telefonzelle stand am Rand des Parkplatzes von einem Supermarkt, der vor kurzem dichtgemacht hatte. Die einzige Straßenlaterne im Umkreis von zweihundert Metern war diejenige neben der Telefonzelle. Und auf der anderen Straßenseite lagen zwei Parzellen, die in der ganzen Geschichte von Sunnydale noch nie benutzt, geschweige denn bebaut worden waren. Der Regen strömte mit unverminderter Macht herab.

Buffy dachte ernsthaft daran, aufzugeben und einfach

zur Bibliothek zurückzugehen. Sie wußte nicht einmal genau, welche Richtung sie jetzt einschlagen sollte. Da fuhr ein Auto vorbei und spritzte eine Wasserfontäne gegen die Wand der Telefonzelle. Leider war die Zelle unten offen – nun waren auch noch Buffys Beine pitschnaß. Sie entschloß sich zu gehen und verließ die Zelle. Die Kapuze setzte sie gar nicht mehr auf – es hatte ja doch keinen Sinn. Sie war schon halb über die Straße gegangen, als sie jäh anhielt.

Ein paar Sekunden lang hatte sie keinen Schimmer, warum sie das getan hatte. Manchmal zwang sie ihr Überlebensinstinkt dazu, etwas einfach zu tun. Dann hatte ihr Unterbewußtsein etwas registriert oder gesehen, das der nach Logik funktionierende Kopf verpaßt hatte. Zum Beispiel die Bewegung im Matsch auf einer der Parzellen: Da war ein kleiner Hügel.

Wieder kam ein Auto, und Buffy war gezwungen, die Straße ganz zu überqueren. Sie steuerte auf den Hügel zu. Nachdenklich wog sie den Pflock in der rechten Hand. Da gab es keinen Zweifel – unter der Erde kroch etwas auf sie zu. Und ganz bestimmt nichts Nettes.

Doch der Orientierungssinn dieses Dings war offenbar äußerst schwach entwickelt. Es grub sich unter den Bürgersteig und verschwand einige Sekunden lang. Buffy stellte sich vor, was es sein könnte: Ein riesiger fleischfressender Wurm? Eine todbringende Säge mit unzähligen Schneideblättern? Das Ding schlug von unten mehrere Male gegen den Bürgersteig, um hindurchzubrechen und die ziemlich lahme Verfolgung Buffys wieder aufzunehmen.

Dann erschien der kleine Hügel wieder. Er bewegte sich nun in eine andere Richtung, vom Bürgersteig weg. Die beiden Linien im Matsch bildeten ein „V".

Buffy schleuderte einen Holzpflock in den Hügel. Der Pflock drehte sich um sich selbst und glitzerte im grellen Licht eines Blitzes, dann blieb er aufrecht im Schlamm stecken. Er wackelte ein paar Augenblicke, bevor er sich nach oben erhob – zumindest sah es so aus, bis der Kopf eines Zombies aus dem Matsch auftauchte, dann der Körper. In diesem Moment hätte Buffy liebend gern alle Pflöcke dieser Welt für einen einzigen Schuß mit einer Boden-Luft-Rakete eingetauscht.

Der Zombie wandte sich ihr zu. Seine Visage war ziemlich ramponiert, ein paar Hautfetzen waren wohl auf seiner Reise unter der Erde abgescheuert worden. Er trug Wildlederhosen, und sein verfilztes Haar war zu einem Pferdeschwanz gebunden: Einst war diese Kreatur ein Krieger gewesen. Als er knurrte, vibrierte ein verfaulter Hautlappen an der Stelle, wo einmal der Adamsapfel gesessen hatte.

Vor Zeiten war diesem Krieger ein Arm auf der Höhe des Ellenbogens abgeschlagen worden. Mit diesem Arm hatte er die Streitaxt gehalten. Nun hob der Zombie drohend denselben Arm mit derselben Axt in die Höhe.

Er kam näher.

Buffy seufzte. Der Raketenwerfer hätte echt Zeit gespart. So, wie es jetzt aussah, würde es ein paar Minuten länger dauern, mit dem Zombie fertig zu werden.

Sie wurde selbst zum Geschoß und sprang die Kreatur mit den Füßen voran an. Buffy wußte, daß Zombies keine heftigen Bewegungen machen durften – sonst beschleunigte sich ihr Verfall rapide – und sie hatte auch diesmal fast richtig gerechnet.

Der Zombie packte ihre Füße mit der Hand, die ihm noch geblieben war, mußte dazu aber den Unterarm mit der Streitaxt loslassen.

Doch das konnte Buffy nicht wirklich aufhalten. Sie fuhr mit beiden Beinen knöcheltief in seine Brust. Markerschütterndes Knochenkrachen war die Folge, und Buffy zuckte vor Ekel zusammen – es war, als wäre sie von einem Sprungbrett auf eine riesige Schnecke gehüpft.

Sie gingen beide zu Boden, aber Buffy war oben. Für den Zombie sah es schlimm aus – er zerbrach zwischen Buffys Gewicht über und dem Druck des Bürgersteiges unter sich. Buffy fiel etwas unglücklich auf den Hintern, trotzdem rollte sie so schnell wie möglich von den Überbleibseln des Zombies weg.

Eine verwesende Hand krallte sich in ihren Regenmantel. Buffy brach die Finger einzeln ab, dann trat sie auf die Hand, bis sie Brei war. Doch die Finger krabbelten wie Würmer weiter auf sie zu. Der Rest des Zombies versuchte dasselbe: Eine Schulter zuckte, der Kopf rollte, und ein Bein, das noch stand, hüpfte ungeduldig auf und nieder. Das roch nach böser Absicht!

Buffy wußte, daß sie die Teile nicht einfach liegenlassen konnte; der Kopf würde sicher noch beißen, wenn man ihn nicht unschädlich machte. Doch während sie darauf wartete, daß wieder ein Auto vorbeikam, gewann sie den unbestimmten Eindruck, daß da noch jemand war. Hinter sich vernahm sie ein leises Knurren.

Sie drehte sich um und sah eine Armee von Zombies aus der Erde auferstehen. Sie schienen weder Anführer noch Hirn zu haben. Sie trotteten einfach auf sie zu – in der simplen Absicht, sie um die Ecke zu bringen.

Das war schlimm, schlimmer als bloß in der Klemme zu sitzen. Buffy erinnerte sich an den Traum, in dem Samantha Kane von den Körperteilen eines Zombies angegriffen wurde, und an den Bericht von Sarah Dinsdale, wie es den Verfolgern der vermeintlichen Hexe ergangen war. „Wie 'ne Herde Gänse", dachte Buffy grimmig.

Sie machte sich bereit und nahm Kampfhaltung ein. Es mochte ein Weilchen dauern, aber sie ging davon aus, die Biester ausradieren zu können – auch ohne die Hilfe des Pflocks, den sie fallengelassen hatte. Doch als sie sah, wie vier Zombies die Teile ihres gefallenen Kameraden im Vorübergehen aufsammelten und sich in die Mäuler stopften, änderte sie ihre Meinung. Buffy sah sich nach einem Bulldozer oder irgendeiner anderen schweren Maschine um, mit der sie diese Dinger so schnell wie möglich plattwalzen könnte.

Da sie in unmittelbarer Nähe keine Hilfsmittel entdekken konnte, verzog sie sich in die Gasse zwischen dem Supermarkt und einem verlassenen Bürogebäude, kletterte über einen Drahtzaun und landete auf einem dunklen Schulgelände. Dann gab sie tüchtig Fersengeld. Am anderen Ende des Geländes verlangsamte sie ihren Lauf. Sie sah, daß die Zombies ihr immer noch folgten, mit ihrem Tempo aber nicht mithalten konnten.

Buffy wartete, bis die meisten von ihnen mitten auf dem Gelände angekommen waren, dann schwang sie sich wieder über den Zaun und landete auf dem Bürgersteig. Auf der anderen Straßenseite lag der Central Park von Sunnydale.

Sie hatte eine Eingebung. Ihr Plan war sehr riskant und brach jede Jägerregel im goldenen Buch, aber von solchen Überlegungen hatte Buffy sich noch nie aufhalten lassen. Damit die Zombies sie nur ja nicht aus den Augen verloren, schlenderte sie so langsam in den Park, als würde sie einen kleinen Sonntagsspaziergang machen. Nun kam sie in die beleuchtete Zone des Parks. Die Wege und Plätze waren so hell, daß der Regen wie Sonnenstrahlen auf dem Meer glitzerte. Zum Glück war das Wetter wirklich eklig. Sogar die jugendlichen Nichtstuer, die normalerweise hier herumhingen, waren nach Hause gegangen.

Buffy drehte sich um und sah die Zombies über die Straße trotten. Plötzlich quietschten Reifen, und ein Auto raste in irgend etwas hinein. Buffy spannte alle Muskeln an. Die Zombies in ihrem Blickfeld kamen zwar auf sie zu, aber sie konnte ja nicht wissen, ob sie auch wirklich alle anlockte oder ...

Ein Schrei. Schüsse. Noch ein Auffahrunfall!

Nein, ein paar der Zombies hatten sich offensichtlich ablenken lassen. Verdammt! Nun mußte sie kehrtmachen, um nachzuschauen, ob auch niemand aufgefressen wurde.

Sie schlug einen Bogen zurück, aber als sie zu einem Fußgängerweg am Rand des Parks kam, der auf die Hauptstraße zurückführte, hielt sie jäh an und stieß einen leisen Schrei der Entmutigung aus.

Hier kam eine neue Armee von Zombies auf sie zu, und diesmal waren sie wie die frühen spanischen Kolonialisten gekleidet, komplett mit Helmen und Brustpanzern. Die waren sicher schwerer zu erledigen als die Riesenhorde, die jetzt schon hinter ihr her war. Nun durften die armen Leute in ihren Autos bis in alle Ewigkeit warten, daß Buffy ihnen zu Hilfe eilen würde.

Da sie anscheinend auf der gleichen Wellenlänge sendeten, vereinigten sich die beiden Zombieheere zu einem einzigen großen Strom; unerbittlich und stumpf verfolgten sie die Jägerin. Es berührte sie nicht einmal, als einer von ihnen von einem Blitz getroffen wurde und zu Asche verkohlte.

Buffy hielt ungefähr hundert Meter Abstand zwischen sich und den Kreaturen. Sie achtete darauf, daß man sie gut sah, und versuchte, nicht zu viele Hindernisse einzubauen – weil sie nicht wußte, ob die Zombies schlau genug waren, sie zu umgehen. Buffys Zweifel bestätigten sich, als sie über einen Tennisplatz rannte: Einige der Zombies waren clever und nahmen den Eingang, andere aber versuchten, über die Drahtzäune zu klettern, statt sie zu umrunden. Den meisten gelang es eher zufällig, aber ein paar fielen von oben herab und zerschellten am Boden. Diejenigen, deren Beine noch am Körper hingen, rafften sich so gut es ging auf und stolperten weiter.

Als Buffy drei Viertel des Parks durchquert hatte, sah sie mitten auf einer Wiese die „Gartenlaube“ von Sunnydale. Der Legende nach hatte dort einmal jeden Sonntag eine Blaskapelle gespielt, derweil die Bürger von Sunnydale auf der Wiese lagerten, um zuzuhören und all die anderen Dinge zu tun, die Menschen in Kleinstädten in der glorreichen Vergangenheit zu tun pflegten.

Die Aussicht, sich ein bißchen ausruhen zu können und mal fünf Minuten vor dem Regen geschützt zu sein, war sehr verlockend. Und bei dem Tempo, in dem die Zombies vorankamen, durfte die Jägerin vielleicht wirklich ein Päuschen einlegen.

Sie kletterte gerade die Stufen zur Laube hoch, als sie plötzlich mitkriegte, daß sie nicht allein war. Etwas später merkten das auch Cordelia und der zweitklassige Halfback, mit dem sie dort rumknutschte, der rotzige Augie Duluth. „Buffy!" rief Cordelia, als sie sich hastig von Augie löste und verlegen an Haar und Kleidung nestelte, die ziemlich in Unordnung geraten waren. „Dringst du gern in anderer Leute Privatsphäre ein?"

„Und ihr, habt ihr euch 'n bißchen vorm Regen in Sicherheit gebracht?"

„Laß das! Du siehst doch, daß ich nicht kann!" rief Cordelia entnervt, als Augie unbeirrt die Lippen schürzte, sie wieder an sich zog und versuchte, ihr einen feuchten Kuß aufzupappen. Dabei zeigte er die ganze Feinfühligkeit, die Mädchen von Spielern eines Footballteams erwarten können.

Buffy spürte, wie sich ihr Magen umdrehte; sie fand Augie wirklich nicht im geringsten attraktiv. Dann blickte sie über die Schulter zurück und erinnerte sich, warum sie überhaupt hergekommen war. Die Zombies waren zwar nicht zu sehen – noch nicht – aber man konnte ihr leises Knurren hören, wenn man wußte, worauf man zu achten hatte. „Cordelia, ich glaube, ihr macht euch besser vom Acker!"

„Wie bitte?" fragte Cordelia äußerst indigniert.

„Meine kleine Taublume!" rief Augie jetzt und verpaßte ihr einen dicken, saftigen Schmatzer.

„Irgend jemand sollte diesem Hund einen Knochen hinwerfen", dachte Buffy, dann klärte sie Cordelia auf: „Hinter mir ist die Polizei her!"

Cordelia zuckte zurück, als hätte ihr Augie einen Elektroschock versetzt. „Was?"

„Es tut mir leid", erklärte Buffy. „Aber ich glaube, ich bin mit dem Gesetz in Konflikt geraten. Die sind bald hier." Sie zeigte auf die Bäume.

„Warum sollte ich abhauen?" meinte Cordelia. „Ich hab nichts Unrechtes getan . . ."

„Denk doch nur mal dran, was für 'nen Ruf du dir einhandelst, wenn bekannt wird, daß du im Park mit 'ner stadtbekannten Verbrecherin rumhängst."

„Jetzt erzähl mir nicht, daß du auch die Turnhalle von Sunnydale abgefackelt hast", lachte Augie.

„Nur die Jungenumkleide", gestand Buffy. „Alles, was diese Schweißsocken brauchten, war ein Funken, dann ging's – puff!"

„Du bist . . . mit wem in Konflikt geraten?" fragte Cordelia entgeistert. Endlich war auch ihr klar, was Buffy gesagt hatte, und sie war ehrlich geschockt.

Buffy sah die ersten Zombie-Beine unter den fernen Bäumen auftauchen. „Ihr werdet morgen alles in der Zeitung lesen können. Glaubt mir bitte und trollt euch endlich!"

„Sie hat recht, Babe", meinte Augie. „Bis bald, kleine Knastschwester!" sagte er zu Buffy und nahm Cordelia am Ellenbogen, um sie die Treppe hinunterzuführen.

Aber Cordelia sträubte sich und funkelte Buffy zornig an. „Du bist schon wieder in so 'ne seltsame Geschichte verwickelt . . ."

„Die dich bestimmt nicht interessiert."

In einem plötzlichen Energieausbruch boxte Cordelia

dem erstaunten Augie mehrmals auf den Arm. „Worauf wartest du noch? Laß uns endlich abhauen!" Sie packte ihn an seiner College-Jacke und zerrte ihn in den Regen. „Immer bist du so lahmarschig!"

„Das ist nicht . . ."

„Halt die Klappe!" zischte Cordelia.

Buffy seufzte vor Erleichterung, als die beiden endlich abzogen. Sie gestand es sich nicht gern ein, aber im Augenblick beneidete sie Cordelia, die trotz all ihrer Charakterfehler ein ganz normales Teenagerdasein führen durfte.

Und dann waren da noch die Zombies, die ihr Leben natürlich schon längst hinter sich hatten. Die Armee trottete den Hügel herunter auf die Gartenlaube zu. Ein paar strauchelten und fielen, brachten andere zu Fall und verloren mehr als ein paar Gliedmaßen dabei. Und dieses gräßliche Knurren! Es war weder Wut über die selbstverschuldeten Verletzungen, noch entsprang es dem Wunsch, Buffy für diese Unannehmlichkeiten bezahlen zu lassen – diese Biester konnten einfach nicht anders als dämlich durch die Gegend knurren.

„Oh, Romeo, Romeo, es ist an der Zeit, daß du dich zeigest." Buffy hatte keine Ahnung, ob den Zombies genug Hirn geblieben war, um Spott verstehen zu können. Aber sie hatte gesehen, daß ein paar von ihnen die Richtung einschlugen, in der Cordelia und Augie verschwunden waren. Buffy mußte erreichen, daß alle ausnahmslos ihr folgten – sonst konnte ihr Plan nicht gelingen.

Und die Zombies folgten ihr. Buffy sprang von der Laube herunter, landete auf dem Weg und rannte hinter einem Baseballfeld und einem verlassenen Toilettenhäuschen aus dem Park heraus. Das Häuschen schien bei Nacht geschlossen zu sein – das hoffte Buffy jedenfalls. In ein paar Minuten würde sie nicht mehr in der Lage sein, sich um irgendwelche Nachtschwärmer zu kümmern.

Sie überquerte die Straße; inzwischen war sie so

durchnäßt, daß es ihr nichts mehr ausmachte, durch überflutete Rinnsteine zu waten. Dann gelangte sie an ein gepflegtes Rasenstück, dessen Betreten der Öffentlichkeit verboten war. Dahinter lag ein hell erleuchtetes Gebäude, umgeben von einem Elektrozaun mit Stacheldraht. Während der wenigen Sekunden, die Buffy hinüberstarrte, wurden vom Blitzableiter dieses Gebäudes nicht weniger als drei Blitze angezogen.

Ohne lange zu überlegen bog sie in eine Unterführung ein. Zwei Fahrstreifen liefen dort parallel, jeder breit genug, um einem Laster die Durchfahrt zu erlauben. Der Tunnel führte zu einem zweihundert Meter entfernten Parkplatz, der unter dem Niveau des Rasenstücks lag. Es gab keine Türen und keine Notausgänge in dem Tunnel. Der Weg führte nur hinein und auf der anderen Seite hinaus.

Buffy zögerte, denn eben war ihr etwas eingefallen. Sie flitzte zurück auf die Straße. Das hatte sie sich gedacht – die Zombies hatten ihre Spur verloren und wanderten ziellos in der Gegend herum. Buffy steckte zwei Finger in den Mund, pfiff gellend und winkte. „Hey! Fans! Hier lang!"

Sie tauchte wieder in den Tunnel und wartete, bis die Zombies ihr folgten. Dann spurtete sie los. Das Knurren der Kreaturen hallte von den Wänden wider und gellte wie tausend Flüche in ihren Ohren. Je weiter sie in den Tunnel vordrang, desto enger und dunkler kam er ihr vor. Buffy mußte schwer an sich halten, um nicht mit vollem Tempo loszulaufen und soviel Entfernung wie nur möglich zwischen sich und die Zombies zu bringen. Als sie einen Wächter in seinem Häuschen am Rande des Parkplatzes sah, wußte sie, daß sie nun langsam gehen mußte.

„Nimm dich zusammen und denk darüber nach, wie du den armen Kerl retten kannst", versuchte Buffy sich selbst zu beruhigen. Vielleicht war es am besten, die Wahrheit zu sagen. „Hey, Mister!" rief sie jetzt.

Der „Mister" war . . . eine Frau. Eine Polizistin. Sie trat aus dem Häuschen heraus, wo sie gerade einen Schmöker gelesen hatte. An der einen Seite ihres Gürtels baumelte ein Schlagstock, während auf der anderen Seite, im Pistolenhalfter, die größte Bullenwaffe steckte, die Buffy je gesehen hatte. Die Polizistin war eben dabei, diese Waffe zu ziehen, als sie sah, daß es nur ein Teenager war, der sie so erschreckt hatte.

„Mädchen!" rief sie Buffy entgegen. „Was hast du denn in so 'ner Nacht draußen zu suchen?"

„Ich werde verfolgt. Könnte ich mir den mal ausleihen?" Und ohne eine Antwort abzuwarten, löste sie den Schlagstock vom Gürtel.

„Hey!" schrie die Polizistin Buffy an.

„Entspannen Sie sich", meinte Buffy und zeigte mit dem Schlagstock auf den Tunneleingang. „Ich muß hier nur schnell was klarstellen."

In diesem Moment trotteten die Zombies aus dem Tunnel heraus, und im hellen Licht der Laternen kam ihre ekelhafte Wesensart deutlich zum Tragen. Die Polizistin schnappte ungläubig nach Luft. Buffy suchte den Schwerpunkt des Schlagstocks und warf ihn dann auf den ersten Zombie.

Der Stock fuhr ihm durch die Stirn wie eine heiße Lötlampe durch einen Eimer Eiscreme, doch der Zombie marschierte unbeirrt weiter. Daß die meisten seiner Gehirnzellen zu den Ohren hinausgeflogen waren, hatte keine großen Auswirkungen auf seinen Auftritt.

Die Polizistin brach in gellende Schreie aus. Buffy konnte ihr wirklich keinen Vorwurf machen: Die meisten Leute gingen einfach ihren alltäglichen Verrichtungen nach und waren eben nicht auf Begegnungen mit ehemaligen Toten vorbereitet, die ständig Körperteile fallenließen.

„Machen wir lieber, daß wir hier wegkommen", schlug sie vor. „Ich bleibe dicht hinter Ihnen."

Sie wichen rückwärts auf den Parkplatz aus, der von einem hohen, starken Zaun umgeben war. Rasch checkte Buffy die Lage. Sie stand am Rand des Parkplatzes, wo Polizei und Wachleute ihre Privatfahrzeuge abstellten. Buffy konnte sich ausmalen, daß es hier, dank der unausgesetzten Schreie des weiblichen Officers, schon bald von Polizisten wimmeln würde.

Sie grinste zufrieden. Das Leben konnte so angenehme Seiten haben. Buffy wandte sich den näherkommenden Zombies zu – der mit dem riesigen Loch in der Stirn fuchtelte nun etwas unbeholfen, aber durchaus drohend mit dem Schlagstock herum – und pfiff wieder durch die Finger. „Hi, Jungs, seid ihr neu in der Stadt?" rief sie ihnen zu. „Ich bin Buffy, und ich kann euch 'n paar echt heiße Sachen zeigen."

Der Zombie mit dem Loch in der Stirn hatte immerhin noch zwei heile tote Augen. Er knurrte jetzt so heftig, daß Fetzen aus seinem Hals flogen und mit einem ekelerregenden Geräusch auf den Asphalt klatschten. Der Zombie neben ihm grapschte gierig nach den Überbleibseln und stopfte sie sich ins Maul, wobei er ein paar seiner Zähne mitverschluckte. Obwohl noch gar nicht alle Zombies den Tunnel passiert hatten, schritten ihre Anführer – das heißt diejenigen, die zufällig in der vordersten Reihe waren – schon auf Buffy zu.

Sie wich noch ein Stück weiter zurück. Ihr Plan war, die Zombies so weit wie möglich auf den Parkplatz zu locken – und dieser Plan funktionierte besser und schneller, als sie es für möglich gehalten hätte. Alle Zombies waren nun innerhalb des Zauns, und Buffy mußte ihre nächsten Schritte genau überdenken, weil die angegammelten Kreaturen schon versuchten, sie nach hinten gegen die Wand zu drängen.

Buffy versuchte, einen Bogen zu schlagen, indem sie

ein paar der geparkten Wagen als Deckung benutzte, aber die Zombies wurden immer aufgeregter. Sie hatten nun in Aussicht, endlich das Festmahl genießen zu können, das sich ihnen bisher so erfolgreich entzogen hatte.

Buffy ließ sich rücklings gegen einen Kleinlaster fallen. Vor ihr waren Zombies. Rechts von ihr. Links von ihr. Sie blickte auf ihre Füße und entdeckte eine schwärzlich verfärbte Hand, die unter dem Kleinlaster hervorkam und nach ihr tastete. Mit aller Kraft trat sie mit dem Absatz auf die Hand, fuhr blitzschnell herum, sprang, hielt sich am Gepäcknetz fest und schwang sich auf das Dach des Gefährts.

Ein Zombie krabbelte schon herauf, um sie dort zu empfangen. Sie trat ihm unters Kinn. Sein Kopf löste sich mit einem Krachen, das auf dem ganzen Parkplatz widerhallte, von seinem Körper. Buffy fuhr herum und trat einen anderen Zombie vor die Brust.

„Oh! Wie ungeschickt!" Als ihr Fuß in die Brust eines dritten Zombies fuhr, hielt der ihn fest, indem er ihren Knöchel packte und verdrehte. Buffy mußte den ganzen Körper mitdrehen, damit ihr Bein nicht brach. Ihre größte Angst war, vom Laster herunterzufallen, aber sie blieb oben und landete auf dem Gesicht. Mit ausgestreckten Händen konnte sie die Wucht des Falls einigermaßen abfangen. Sie zog beide Knie an, trat mit den Füßen aus und schleuderte den Zombie auf drei andere, die wild übereinanderkrabbelten, um auf das Dach des Wagens zu gelangen.

Alle vier fielen wie ein einziger Haufen zu Boden. In diesem Augenblick betrat Officer McCrumski die Szene, um die Nachtschicht zu übernehmen. Er sah erst mal nur eine junge Frau, die sich an das Dach des Minivans klammerte, der seinem Partner gehörte. „Hey, was machen Sie denn . . ." Er brach ab, ließ sein Frühstücks-Sandwich fallen und griff nach seiner Dienstpistole.

Den Zombies war das völlig egal. Diejenigen, die nicht damit beschäftigt waren, auf den Laster zu klettern, wandten sich einfach der Schußlinie zu. Als der Polizist zu schießen begann, rollte sich Buffy von dem Wagen herunter und brachte sich in Deckung. Das schützte sie jedoch nicht vor den Zombies, die leider auch auf der anderen Seite des Wagens versammelt waren. Sie fingen Buffy auf, noch bevor sie am Boden angelangt war, und versuchten, sie in Stücke zu reißen oder gleich zu fressen – was ihnen gerade am bekömmlichsten erschien.

„Ich frag' mich ja bloß, ob dieser Prinz Ashton so was auch vorhergesagt hat", dachte Buffy ironisch, während sie einen Zombie, der versuchte, sie in den Knöchel zu beißen, ins Gesicht trat. Dann machte sie eine Drehung und versetzte einem anderen einen Stoß mit dem Ellenbogen. Der blieb ihm in den Rippen stecken. Sie bohrte den Ellenbogen tiefer hinein und holte dann mit aller Kraft aus; ihre Faust traf einen weiteren Zombie so heftig ins Brustbein, daß es gegen das Rückgrat gedrückt wurde und die Organe dazwischen an den Seiten herausquollen – die sofort von den anderen Zombies gefressen wurden.

Buffy und die Zombies, die sie festhielten, fielen polternd zu Boden. Die Jägerin kämpfte sich frei, schnappte sich einen kopf- und beinlosen Torso und versuchte, ihn als Schild vor sich zu halten. Der Plan war zwar gut, doch die Tatsache, daß die Arme immer noch am Körper hingen und wie wild herumfuchtelten, sorgte für gewisse Komplikationen. Sie griffen nach hinten und wollten Buffys Haare ausreißen. Sie kämpfte deshalb gleichzeitig mit den fuchtelnden Armen und den anrückenden Zombies, auf die sie mit dem Torso einschlug, während sie hinter einem Auto Deckung suchte.

In der Zwischenzeit wurden die Zombies, die Officer McCrumski auf den Hals rückten, buchstäblich in Stücke gerissen – einer ließ eine Schulter fallen, und eine Brust war so schwer getroffen, daß sie in zwei Teile riß. McCrumski leerte sein Magazin ohne nachzudenken. Er stand mit der rauchenden Waffe in der Hand da, allein gegen eine Invasion von ... Mutanten. „Wahrscheinlich bei 'nem Versuch mit 'nem neuen Medikament aussortiert", dachte er. Er warf noch einen Blick auf die näherrückenden Übeltäter, schleuderte dann seine leere Pistole nach ihnen und raste ins Polizeirevier.

Halb kriechend, halb rennend schleppte sich Buffy hinter den parkenden Wagen entlang und lief zu einer nahegelegenen Zufahrtsstraße. Sie wollte die Biester ein bißchen von der Wache weglocken, um McCrumski etwas Zeit zu geben. Und wenn sie das getan hatte, mußte sie selbst verschwinden. Ohne eine Beute müßten die Zombies eigentlich zum Friedhof zurückkehren – hirntote Lemminge ... Ein plötzlich auftauchender Kanaleinstieg schien einige interessante Möglichkeiten zu bieten.

Mit letzter Energie holte Buffy aus und schleuderte den Torso auf einen Zombie, der sie fast eingeholt hatte. Der Zombie fing ihn auf und begann an dem, was vom Hals noch übriggeblieben war, herumzuknabbern. In der Zwischenzeit konnte Buffy genug Kraft sammeln, um den Einstiegsdeckel hochzuheben und beiseite zu schieben.

Im Kanal war es stockdunkel. Buffy kletterte hinunter, dann zog sie den Deckel wieder über das Loch. Wenigstens war der Tunnel hoch genug, daß sie aufrecht laufen konnte. Da sie nicht das kleinste bißchen sehen konnte, wählte sie die Richtung aufs Geratewohl.

Nach einer Weile mußte sie würgen. Sie befürchtete, sie würde gleich alles erbrechen, was sie seit dem Alter von sechs Jahren zu sich genommen hatte. Ihr einziger Trost war ein winziger Lichtschein in der Ferne, der vielleicht von einem anderen Einstiegsloch kam.

Buffy hoffte, daß es immer noch regnete, sie roch nämlich jetzt schlimmer als all diese Zombies zusammen. Wenn sie noch einmal eine heftige Dusche abbekommen würde, wäre das geradezu ein Segen.

10

Es war ein ganz gewöhnlicher Kanaldeckel. Er paßte genau auf den Einstieg zur Kanalisation und würde niemals einbrechen, mochten auch noch so viele Autos oder gar Schwerlaster über ihn hinwegfahren. Im Augenblick lag er starr im Regen und tat seine Pflicht, während unablässiges Sperrfeuer in der Nähe von einem wilden Angriff der Zombies auf die Polizeiwache zeugte.

Ein paar Finger, deren Nägel dringend der Maniküre bedurften, bohrten sich durch die Löcher im Kanaldeckel. Im nächsten Augenblick wurden sie wieder zurückgezogen, um nicht von einem Auto überrollt zu werden. Ein paar Sekunden verstrichen, dann tauchten die Finger wieder auf, diesmal vorsichtiger. Sie drückten mit aller Kraft nach oben.

Der Kanaldeckel glitt mit einem Ruck zur Seite. Er lag mitten auf der Straße, als Buffy Summers ihren Kopf aus dem Loch streckte und sich nach allen Seiten umschaute. Dann krabbelte sie auf Händen und Knien heraus und schob den Deckel ächzend an seinen Platz zurück.

Da lag er nun und tat wieder, was er tun mußte, während Buffy auf den Bürgersteig hechtete. Jetzt war sie selbst die Quelle eines unglaublichen Gestanks, der sie würgen ließ. Sie fiel auf die Knie und blieb ein paar wunderbar erholsame Augenblicke lang liegen, in denen der Regen Schleim und Matsch von ihren Kleidern spülte.

Buffy hoffte, daß auf der Polizeiwache niemand verletzt worden war – niemand von den Lebenden, wohlgemerkt. Und wenn es auch eigentlich ganz und gar nicht die Art der Vampirjägerin war, die Polizisten dort ihrem Schicksal zu überlassen, fühlte sie sich nicht schuldig. Sie war sowieso nicht in der Lage gewesen, ihnen zu helfen. Ihre Hauptsorgen galten Mom und der Prophezeiung – und zwar in dieser Reihenfolge.

Sie wühlte in ihren Taschen und stellte verzweifelt fest, daß sie jeden einzelnen Dollarschein – fünf waren es mal gewesen – verloren hatte. Wahrscheinlich im Abwasserkanal. Buffy nahm selten ihre Brieftasche mit, wenn sie auf der Jagd war, aber es war immer besser, ein bißchen Wechselgeld dabeizuhaben.

Dann fand sie zu ihrer Erleichterung einen lappigen Dollar in der Hüfttasche, der wohl schon häufiger durch Waschmaschine und Trockner gelaufen war. Er war ganz plattgedrückt, und Buffy faltete ihn nicht auseinander, weil sie fürchtete, er würde zerfallen. Aber sie hielt ihn fest wie einen Rettungsring. Es war Zeit, sich wieder mal zu melden.

Sie wußte, wo die nächste Post war – dort hatte sie einmal ein paar Vampire erledigt. Diese blöde Post hatte rund um die Uhr geöffnet, so daß unschuldige Menschen, die eigentlich nur ein paar Briefmarken kaufen wollten, von Vampiren gebissen wurden und die Zahl der Untoten vermehrten. Sie machte sich auf den Weg dorthin und hoffte, der Wechselautomat würde den lappigen Dollar annehmen.

Weil sie irgendwie genug von Abkürzungen und menschenleeren Gegenden hatte, hielt sie sich an die Hauptstraße. Die Post war eine Meile entfernt, sie konnte es in weniger als zehn Minuten dahin schaffen, wenn sie nicht allzu schnell ging.

Aber sie kam nicht weiter als bis zur Unterführung, geschweige denn zur Post. In der Nähe war ein sehr beliebter Truck Stop namens Billy Bob's Steak House, der dafür berühmt war, „das schnellste Essen im ganzen Westen" zu servieren. („Aber nicht gerade das Fast Food, das Billy Bob meinte", pflegte Xander zu sagen.) Die Neonleuchten des Steakhauses verhießen sowohl Wechselgeld als auch Unterschlupf vor dem Regen. Buffy fragte sich, wieviel hier wohl ein Kaffee kostete.

Sie war nie hier eingekehrt – das Essen war nicht so ganz das richtige für verwöhnte Sechzehnjährige. Aber nach dem vollen Parkplatz zu urteilen, war es ziemlich beliebt bei Leuten auf der Durchreise. Bei Fernfahrern zum Beispiel. Mehrere Sattelschlepper standen auf der Parkfläche, einige mit noch laufendem Motor, damit die Fahrer keine Zeit mit Vorzünden verlieren mußten.

Außerdem standen da ungefähr vierzig Personenwagen und noch zehn Motorräder, die Mitgliedern eines Motorradclubs in Sunnydale gehörten. Buffy ging langsamer und vergaß für einen Moment sogar den Sturm, als sie einen ihr bekannten hummerähnlichen Wagen erblickte. Das Auto, das die Churchs fuhren. Direkt daneben stand der Lastwagen mit dem Logo der fallenden Frösche. Die Churchs und die Crew von *Charles Fort's Peculiar Planet* hatten hier offenbar haltgemacht, um etwas zu mampfen.

Buffy runzelte die Stirn. Konnte es sein, daß Cotton Mather, verkörpert in Darryl MacGovern und mit einer gewissen Statue aus Mondstein im Schlepptau, in diesem Augenblick – vielleicht in Gesellschaft von Richter Danforth, Sheriff Corwin und Heather Putnam – „nouvelle cuisine“ kostete?

Der Dollarschein war jetzt wichtiger denn je, Buffy mußte unbedingt Willow in der Bibliothek anrufen. Vielleicht könnte sie mit ihrer Hilfe herausfinden, ob der Showdown wirklich hier, in einem lausigen Steakhaus, stattfinden sollte. Wieder mußte sie niesen. Plötzlich sah Buffy ihre unmittelbare Zukunft ganz deutlich vor sich: Sie würde die nächsten drei oder vier Tage im Bett verbringen und die dickste Erkältung ihres Lebens durchmachen. Wenn sie überhaupt so lange am Leben blieb.

Sie spähte durch die Fenster des „Hummers“. Da lag

eine auseinandergefaltete Karte von Stonehenge auf dem Rücksitz, direkt neben einem der Notizbücher der Galerie, das die „Mondmann"-Statue von V.V. Vivaldi auf dem Einband trug.

Buffy ging zum Lastwagen hinüber und blickte durch das Heckfenster, wo sie etwas Ungewöhnliches erblickte: Der Kameramann und der Tontechniker des Teams lagen dort auf der Ladefläche inmitten ihrer Ausrüstung, zusammengeschnürt wie zwei gefüllte Truthähne, geknebelt und mit verbundenen Augen. Es war ganz klar, was hier passiert war – Buffy vermutete aber, daß die beiden keinen Schimmer hatten. Eric Frank, der von einem der wildgewordenen Geister besessen war, hatte die Crew überwältigt. Und war ins Restaurant gegangen.

Alle Sinne Buffys schrillten Alarm. Das war's – alles sollte so geschehen, wie es schon einmal geschehen war. Der große Manipulator der Ereignisse würde sich erheben, so wie der Verachtete es vor dreihundert Jahren versucht hatte. Wahrlich ein Versuch authentischer Wiederholung.

„Aber beim Fernsehen wissen die Leute, wie die Wiederholung ausgehen wird", kam Buffy in Rage, „heute nacht hingegen nicht. Heute nacht heißt es er oder ich, für uns beide ist kein Platz!" Sie schnitt eine Grimasse, zog den Regenmantel aus, wickelte ihn um die Faust und holte aus, um das Fenster einzuschlagen. Sie hatte keine andere Wahl – die Jägerin mußte die Vorstellung damit beginnen, das TV-Team zu befreien.

Oder vielleicht doch nicht? Natürlich war es ihre Pflicht, den beiden zu helfen ... aber die Prophezeiung ließ nichts darüber verlauten, daß die Wiederkehr der Ereignisse für das Fernsehen mitgeschnitten werden sollte.

Sie konnte die beiden ja auch später noch befreien. Je weniger Ablenkung, desto besser. So, wie es aussah, war der Laden ohnehin zum Bersten voll, was ungefähr einhundertfünfzig unumgängliche Ablenkungen bedeutete.

Billy Bob's war in der Form eines Bumerangs, wobei der Restaurantflügel selbst gewaltig in die Länge gezogen war. Er hatte drei große Panoramafenster, die Buffy trotz der Entfernung einen guten Einblick in die Örtlichkeit gewährten. Es gab die üblichen Nischen am Fenster, alle besetzt, eine lange Theke, an der die Fernfahrer saßen, und dazwischen einfache runde Holztische. Ein Teil der Küche lag noch in diesem Flügel, und die Köche reichten dort den vielbeschäftigten Kellnerinnen die Speisen durch ein Schiebefenster.

Weder Frank noch die Churchs waren zu sehen – Mather oder gar die Statue auch nicht. Aber Buffy konnte nicht alle Nischen überblicken. Diese Leute mußten in einer dieser Nischen sein! Sie konnte derweil nicht umhin, die Portionen zu bemerken, die einfach riesig waren. Das Wasser lief ihr im Mund zusammen, als sie die Bratendüfte roch, die nicht einmal der Sturmwind verwehen konnte. Buffy nahm sich vor, hier mal essen zu gehen, wenn das Lokal wieder aufgebaut sein würde.

Sie warf einen flüchtigen Blick auf den kürzeren Flügel, in dem eine enorme Tankstelle und ein paar Apparate untergebracht waren, mit denen die Trucker ihre Motoren überprüfen konnten. Dann marschierte sie geradewegs auf das Restaurant zu. Argwöhnisch sah sie sich nach verirrten Zombies um.

Als Buffy unter das Vordach trat – welch eine Erholung nach dem Regen! – verharrte sie einen Augenblick und setzte das ängstliche Gesicht eines verwirrten jungen Mädchens auf, das unversehens in einen Sturm geraten ist. Sie wrang ihr Haar aus, obwohl das keinen besonderen Unterschied in ihrer äußerlichen Erscheinung ausmachte – sie war sowieso von Kopf bis Fuß durchnäßt. Als Buffy gerade die Schwingtür öffnen wollte, wurde diese heftig von innen aufgestoßen und traf sie am Knie.

„Honey, alles in Ordnung?“ erkundigte sich eine besorgte Kellnerin, die ihr rotes Haar zu einer kunstvollen Turmfrisur toupiert hatte. Sie trug eine kanariengelbe Uniform und war augenscheinlich gerade auf dem Weg zu einer Zigarettenpause gewesen. „Tut mir leid, ich hab dich nicht gesehn.“

„Ist schon okay“, meinte Buffy fröhlich, tat aber immer noch wie ein verängstigter Teenager. „Ich hab Sie ja auch nicht gesehen.“

„Was ist dir denn bloß passiert?“ wollte die Kellnerin wissen.

„Sie wissen schon: Fahrrad. Regen. Der blöde Wetterbericht.“

„Ist wirklich 'ne Schande, Honey.“

„Gibt's hier ein Plätzchen, wo ich irgendwie trocken werden kann?“

„Besser noch: Hier gibt's 'n Plätzchen, wo wir dich in unsere Uniform stecken können, während deine Sachen trocknen. Wie wäre das?“

Buffy grinste. „Su-per.“

Die Kellnerin hieß Edith. Sie führte Buffy zu einem Umkleideraum neben der Küche, gegenüber der Durchreiche. Dort zogen die Kellnerinnen ihre „Zivilsachen“ aus und die Dienstkleidung an. Die Uniformen waren zwar durchaus präsentabel, aber irgendwie auch geschmacklos, so daß die Kellnerinnen keinen Wert darauf legten, sie auch noch außerhalb der Arbeitszeit zu tragen.

Buffy verstand das, sobald sie sich umgezogen hatte. Die breite weiße Schürze mit der lächerlich großen Schleife im Rücken gab ihr das Gefühl, wie eine Puppe auf einer Kostümparty herausgeputzt zu sein. Und die Tatsache, daß die kleinste Größe ihr immer noch viel zu weit war, machte es nicht besser. „Wehe, es spricht mich einer auf dieses Haarnetz an!“ drohte sie schon mal vorbeugend für sich selbst.

Aber immerhin erlaubte ihr die Uniform, unerkannt in

dem Laden rumzuschnüffeln. Telefonieren mußte sie ja auch noch. Nachdem sie ihre Klamotten zusammen mit ein paar anderen in die Waschmaschine geworfen hatte, wechselte sie bei der Dame an der Kasse ihren Dollar ein und ging zu den Telefonzellen neben dem Eingang.

Auch von dort konnte sie nicht alle Nischen einsehen. Die letzte Nische, am Ende des Flügels, war Ediths Tisch, und Buffy beobachtete, daß die Kellnerin ständig verlangt wurde. Buffy fragte sich, wie sie Edith bloß dazu bringen könnte, an diesem Tisch nicht mehr zu bedienen.

Nun, sie würde sich etwas überlegen. Zuerst einmal rief sie jetzt „zu Hause“ an.

„Willow! Hast du was Neues für mich?“

„Nichts!“ kam die leicht verzweifelte Antwort. „Und bei dir?“

„Ich werde dich zu 'nem Steak einladen, wenn das alles hier vorbei ist!“ versprach Buffy.

„Warum? Heb' es für die Vampire auf.“ Willows Stimme klang zerstreut und sehr weit weg.

„Nein, nein, ich meine ein Steak wie in Billy Bob's Steak House. Da bin ich nämlich gerade, und ich muß dir sagen, hier komme ich bestimmt noch mal hin. Wie dem auch sei, ich bin mir ziemlich sicher, daß MacGovern und die anderen drei vermißten Seelen sich hier ordentlich die Wampe vollhauen, bis jetzt habe ich sie nur noch nicht entdeckt. Aber dies ist der Ort, an dem sich die Prophezeiung erfüllen soll. Ich fühle das. Hast du eben gesagt, daß du gar nichts rausgefunden hast?“

„Ja, tut mir leid, Buffy, ich hab mich in jeden techno-heidnischen Chatroom eingeklinkt, der mir einfiel, aber niemand hat eine Info gehabt, die uns weitergeholfen hätte.“

„Tja, da sieht man's mal wieder, eine gute Voodoo-Priesterin ist nie zur Stelle, wenn man sie wirklich braucht. Wie geht es denn Giles?“

„Furchtbar schlecht. Er hat einen Eisbeutel auf der Stirn, seine Füße stecken in einem Eimer Wasser, aber das Fieber steigt immer weiter. Vielleicht muß ich doch den Krankenwagen rufen."

„Und hast du was von Xander gehört?"

„Er ist noch nicht zurückgekommen. Ich wette, daß er zuerst bei dir auftaucht."

„Gut. Ich komme, sobald der Spaß hier vorbei ist. Tschau!" Buffy hängte den Hörer ein.

Plötzlich stieß jemand die Schwingtüren von außen auf und traf Buffy ins Kreuz.

„Ich werde mir dieses Rein-Raus-Ding mal vornehmen", dachte sie. Dann sah sie, wer hereingekommen war, und erstarrte. Es war Xander – aber nur auf den ersten Blick. Als Buffy seine Körperhaltung genauer betrachtete, wurde ihr klar, daß Sarah wieder die Herrschaft über Xanders Körper übernommen hatte. Da sie es nicht gewöhnt war, in einem Männerkörper zu hausen, stand und ging sie sehr steif. Das hatte eher wenig mit Xanders normalem Schritt zu tun und wirkte, als wäre er Dressman geworden.

Zum Glück registrierte Xander/Sarah sie nicht. Die Hexe hätte Buffy vielleicht in einer spiritistischen Sitzung erkannt, aber in der Verkleidung einer Kellnerin war das unmöglich. Und auch wenn Xander, der sein Bewußtsein vielleicht bis zu einem gewissen Grad bewahrt hatte, Buffys Wohlergehen am Herzen lag – Sarah hatte damit nichts im Sinn. Sie stolzierte langsam durch das Restaurant, wobei sie immerhin geschickt den vollbesetzten Tischen auswich.

Sarah hielt bei der letzten Nische an. Sie sagte etwas zu den Leuten am Tisch und sah sehr nervös aus. Ihre Gesten verrieten, wieviel Mut sie dieser Gang gekostet haben mußte. Was sie gesagt hatte, schien sehr ungewöhnlich gewesen zu sein, denn die Leute an den Nebentischen wurden plötzlich still und blickten Xander an, als wäre er vollkommen durchgeknallt.

Buffy erkannte, daß die Lage sich zuspitzte. Sarah wich bereits zurück: Der kurze Moment der Entschlossenheit war von Furcht und Zweifel abgelöst worden. Ein Mann stand auf und drehte sich um, er starrte Sarah mit zusammengezogenen Brauen an. Die Arme hatte er vor der Brust verschränkt, und sein Blick zeigte eine Verachtung, die nur abgrundtief böse Wesen zum Ausdruck bringen können. Sein Körper gehörte Rick Church, aber die hängenden Schultern verrieten, daß er von dem alten Richter Danforth besessen war.

„Bete zu denen, die über dir stehen, Sarah Dinsdale!" befahl Danforth mit dröhnender Stimme. „Verneige dich vor uns. Vielleicht sehen wir dann einen Anlaß, dich zu begnadigen."

„Sarah? Wer is'n Sarah?" fragte einer der Gäste laut die Umsitzenden, und fast alle fingen an zu kichern, während sie zu Xander hinüberschielten.

Sarah kniete vor diesem Mann nieder. Die Leute im Restaurant mochten sich herrlich amüsieren, sie aber war die einzige, die um die Wahrheit wußte: Dieser Mann war dabei, die Mächte der Finsternis anzurufen!

Im Augenblick machte sich Buffy die größten Sorgen wegen der Menschenmenge. Bis jetzt hatte sie es vermieden, Kämpfe mit den Geschöpfen der Unterwelt vor Fremden auszutragen – besonders nicht vor hundertfünfzig Leuten auf einmal. Und bestimmt gab es hier ein Überwachungssystem – da konnte sie ihr Ding ja gleich vor laufender Fernsehkamera abziehen! „Menschen vergessen", hatte Giles einmal gesagt, „Kameras erinnern sich. Für alle Zeit."

Inzwischen war Rick alias Richter Danforth ziemlich sauer auf die Restaurantgäste. Er kochte vor mühsam unterdrückter Wut und war gleichzeitig baß erstaunt. Immerhin war er es nicht gewöhnt, daß der schnöde Pöbel ihn mit derart respektloser Vertraulichkeit behandelte.

„Ihr seid alle verdammt", sagte er deshalb. „Es setzt mich in Erstaunen, hier solch ignorante Dummköpfe zu sehen, die ihr Ende so freudig erwarten. Es sei!"

Er schnippte mit den Fingern und wartete. Drei weitere Leute erhoben sich aus der Nische. Oberflächlich betrachtet, sahen sie aus wie Lora Church, Eric Frank und Darryl MacGovern.

Nur verhielten sie sich nicht wie Lora, Eric und Darryl. MacGovern hielt die „Mondmann"-Statue wie einen Schläger in der Hand. Loras Körperhaltung war nicht mehr die einer erwachsenen Frau, sondern drückte die Unbeholfenheit einer Halbwüchsigen aus. Und Franks schnodderiges Reporter-Gebaren war zu Sheriff Corwins strenger Boshaftigkeit geworden.

Und wieder hielten sie Sarah gefangen – wie vor dreihundert Jahren. Ihre Fähigkeiten würden den Kreis der Macht stärken und vollständig machen.

Buffy wurde klar, daß sie die Bedeutung der Situation niemals begriffen hätte, wenn ihr Traum nicht gewesen wäre. Die Gäste im Restaurant hingegen konnten nicht wissen, daß die vier, die dort standen, in Wirklichkeit nicht zwei gutgekleidete Yuppies und zwei schäbige Reporter waren. Und ein Typ namens Sarah. Die Gäste hatten keine Ahnung, mit wem sie es zu tun hatten.

„Das ist es", erkannte Buffy. „Alle Puzzleteile sind an ihrem Platz. Die Wiederholung soll stattfinden."

Danforth schnippte noch einmal mit den Fingern und rief damit einen winzigen Blitz hervor – so winzig, daß Buffy sicher eine der ganz wenigen war, die ihn überhaupt gesehen hatten. Buffy wußte, daß sie nicht länger warten durfte. Sie mußte jetzt handeln!

In diesem Augenblick griffen die Zombies an.

11

Sie waren kaum zu übersehen. Lärmend brach eine ganze Horde durch die Panoramafenster. Eine Schlachtreihe marschierte zum Eingang herein, während eine zweite von der Herren- und eine dritte von der Damentoilette aus angriff. Offensichtlich waren einige durch die Klofenster gekrochen.

Das erste, was Buffy an dieser Armee von Untoten auffiel, war ihre Ausrüstung mit neuesten Angriffswaffen. Die meisten Zombies hatten die Körper sehr alter Männer, aber es gab auch junge darunter; viele Körper waren verstümmelt worden, bevor die Verwesung eingesetzt hatte. Buffy ging ein Licht auf: In Sunnydale gab es einen Veteranenfriedhof für Soldaten, die im Ausland gekämpft hatten. Und die hatten auf dem Weg hierher offenbar noch ein Waffenlager ausgeräumt.

Sofort brach Panik aus: Die zu Tode erschrockenen Restaurantgäste schrien und versuchten zu fliehen, als einige Zombies schon in die Luft schossen. Lampen zerplatzten, und Mörtel fiel von der Decke, worauf die Leute nur noch lauter schrien – und sich auf den Boden fallen ließen, so wie sie es bei Schießereien in Filmen gesehen hatten. Die einzigen, die stehenblieben, waren Buffy, Edith und die Besessenen; Sarah kniete immer noch.

Edith wunderte sich. Sie hatte gesehen, wie Buffy ihre Stellung hielt – wie jemand, der weiß, wie er sich verhalten muß, wenn er von einer Armee von Untoten umgeben ist. Aber woher Buffy das wußte, blieb Edith ein Rätsel. Was ihr allerdings klar wurde, war: Sie würde mit dem Rauchen aufhören, wenn sie hier je lebend rauskam.

Buffy zeigte auf den Boden. Edith nickte kaum merklich, ließ sich auf alle viere fallen und krabbelte davon, wobei sie versuchte, so unscheinbar wie möglich zu wirken.

„Was kommt jetzt, Leute?" rief Buffy. „Ein dickes Truthahnessen?"

„Ich verstehe nicht ganz", sagte Lora alias Heather irritiert. „Sollte das eine lustige Bemerkung sein, mein Kind?"

Buffy wurde langsam zornig. Sie hatte die Hände zu Fäusten geballt und tänzelte ungeduldig vor und zurück. Was war zu tun? Sie hatte keine allzu großen Probleme, mit den Zombies fertig zu werden. Am liebsten wäre sie sogar schnurstracks auf die vier Besessenen losgegangen. Aber die Gegenwart so vieler unschuldiger Zuschauer hinderte sie daran.

„Ich bin die *Jägerin*, kein Cop!" schoß es Buffy plötzlich durch den Kopf. „Na schön, Danforth – oder Rick Church – wer auch immer du bist. Du hast doch nun, was du wolltest. Ihr seid zu viert. Ihr habt Sarah und mich da, wo ihr uns haben wollt. Warum pfeift ihr jetzt nicht diese Zombies zurück?"

„Oh, mein Liebes, ich fürchte, wir werden sie noch brauchen", erwiderte Danforth salbungsvoll. „Um unsere Geiseln hier zu bewachen. Ich fürchte, diese Geiseln benötigen wir, damit du nicht vom Pfade der Tugend abweichst."

„Wir können uns keine unvorhergesehenen Ereignisse während der Zeremonie leisten", sagte MacGovern – oder, besser gesagt, Mather.

„Vielen Dank, daß du es ihr verraten hast, du Schwachkopf!" zischte Frank alias Corwin.

„Ich muß doch sehr bitten. Auch für dich bin ich noch immer ein Richter", betonte Danforth.

„Ich muß *dich* doch sehr bitten", warf Buffy ein. „Du bist ein Typ, der gar nicht weiß, daß er tot ist!"

„Was weißt denn du über den Tod?" schaltete sich Lora alias Heather ein.

„Ich war schon mal da und hab mir 'n T-Shirt als Andenken gekauft." Buffy zeigte jetzt auf die Menge. „Jeder von denen kann irgend etwas tun, womit ihr nicht rechnet, und alles vermasseln. Dann müßt ihr wieder warten, bis die Sternenkonstellation oder sonstwas günstig ist. Und wie lange wollt ihr warten? Noch mal dreihundert Jahre? Denkt lieber darüber nach."

„Sie hat recht", meinte Danforth.

„Dem stimme auch ich zu", sagte Mather.

„Tötet sie alle!" befahl Heather den Zombies.

Buffy spannte alle ihre Muskeln an – nun war die Zeit gekommen, zu handeln oder zu sterben. Sie wünschte nur, alles wäre ein bißchen besser gelaufen, ehe es ans Sterben ging.

„Nein!" rief Sarah plötzlich. „Ihr müßt warten!"

„Warum das?" fragte Corwin höhnisch.

„Ich kann nicht für den sprechen, der uns hier versammelt hat", erklärte Sarah. „Aber der *Verachtete* hätte es nicht für gut befunden, wenn Ihr alles zu seinem Festmahl vorbereitet und dann jeden getötet hättet, bevor er Gelegenheit zu einem ersten Biß erhalten hätte. Ich kann mir vorstellen, wie sehr der sogenannte Meister in Rage gerät, wenn sein Appetit nicht gestillt wird. Ihr dürft sie nicht töten – ihr müßt ihnen erlauben zu warten, ohne daß ihnen ein Leid getan wird."

Heather verstand: „Wenn der Meister sich erst erhebt, wird er wissen, was mit ihnen zu geschehen hat."

„Und es wird *nicht* geschehen!" sagte sich Buffy. „Der Meister, ach ja? Was für 'ne Überraschung. Seine verblichene Hand hat dies alles hier inszeniert . . .?" Buffy richtete ein Auge auf die Zombiearmee, das andere auf die Geiseln und ihr drittes auf die „Verrückten Vier". Konnten sie etwa ohne Worte miteinander kommunizieren?

Endlich wandten sich die Besessenen Buffy und den Gefangenen zu. „Ich habe eine Entscheidung getroffen", verkündete Danforth.

„Nein!" widersprach Heather. „*Wir* sind zu *unserer* Entscheidung gekommen. Hier sind wir alle gleich."

„Ich fürchte, du hast dich zu lange in der anderen Welt aufgehalten", sagte Danforth verstimmt. „Dein Geist ist angegriffen."

„Das bringt der Tod nun mal so mit sich", bemerkte Buffy.

„In jedem Fall ist das Ergebnis dasselbe", schloß Corwin. „Buffy – oder sollte ich lieber sagen: Kane –, wir werden diese Menschen nur unter einer Bedingung aus dem Raum gehen lassen: daß du dich uns mit sofortiger Wirkung unterwirfst." Er hielt einem Zombie ein Seil hin. Der Zombie legte seine Waffe zur Seite, nahm das Seil und ging auf Buffy zu.

„Denke daran, wir haben nicht versprochen, daß wir diese Menschen freilassen", mahnte Mather. „Die Untoten werden sie bewachen, und ein paar von ihnen werden hierbleiben und uns bewachen."

Buffy war sich ziemlich sicher, daß keiner der Anwesenden ihren kleinen Stoß gegen den Tisch bemerkt hatte. Widerspruchslos ließ sie sich von dem Zombie die Hände fesseln.

Die anderen Zombies, die unentwegt grollende Laute ausstießen, wiesen mit ihren Waffen die Richtung, welche die braven Bürger einschlagen sollten. Und natürlich nahmen die braven Bürger diesen Weg – so hastig, daß einige fast übereinander fielen.

Alle marschierten sie an Buffy vorbei, deren Hände gerade hinter ihrem Rücken zusammengebunden wurden. Jeder, ob ängstlich, stoisch oder mitfühlend, blickte ihr in die Augen. Aus Angst vor den Zombies sprach keiner ein Wort. Nur Edith war mutig genug. „Danke, das werde ich dir nicht vergessen!" raunte sie Buffy zu.

„Wirst du wahrscheinlich doch“, sagte Buffy.

„Ich wette mit dir um ein saftiges Steak, daß ich's nicht vergesse.“

„Topp!“ sagte Buffy.

Dann befahl Danforth Ruhe.

„Du, junge Jägerin, bist nun nicht mehr in der Lage, auch nur irgend etwas zu tun.“

„Im Grunde“, fügte Heather mit Verschwörerstimme hinzu, „könnten wir dafür sorgen, daß du gar nicht mehr da bist, um deinen Verrat ein zweites Mal zu begehen . . . Wir könnten uns der Folterwerkzeuge bedienen, die in der Küche bereitliegen.“

„So töte sie doch!“ flüsterte Sarah Buffy zu. „Warum bringst du sie nicht um?“

„Meine Hände sind gebunden“, erwiderte Buffy. „Und ich versuche auch – soweit es möglich ist – nicht die Körper meiner Freunde zu töten.“

„Du bist nicht wie Samantha Kane!“ rief Sarah aus.

„Ich setze zweihundert dagegen“, meinte Buffy trokken.

„Ich glaube, der Meister würde diese Jägerin liebend gerne persönlich verschlingen“, empfahl jetzt Corwin. „Diese Geschöpfe haben Geschichte.“

„Wie wir“, stimmte Mather zu, „nur auf andere Weise. Komm her.“

Der Befehl war an Buffy gerichtet, aber sie reagierte nicht – bis der Zombie hinter ihr sie mit seinem Gewehr anstieß. „Nun mach dir nicht ins Hemd. Ich bin schon auf dem Weg“, sagte Buffy gereizt.

„Und wie würdest du uns töten, junge Jägerin, falls sich die unwahrscheinliche Gelegenheit dazu ergeben sollte?“ fragte Danforth, während er seine Gefangene von allen Seiten begutachtete.

„Ich würde dir 'nen Pflock ins Herz stoßen.“ Buffy konnte nicht umhin, einen Seitenblick auf Sarah zu werfen. Sie hatte es geschafft, in gebückter Haltung zu einem Stuhl zu schleichen.

„Das würde bei uns nicht viel nützen“, sagte Corwin mit kurzem Auflachen. „Wir sind schon tot.“

„Es würde allerdings bei Eric Frank wirken“, mahnte Mather. „Und das wäre für uns eine ernsthafte Verzögerung.“

Sarah nickte, als habe sie plötzlich etwas begriffen. Sofort beschlich Buffy ein ungutes Gefühl: Während sie selbst Hemmungen hatte, die Körper Unschuldiger zu töten, um die heimtückischen Absichten der Geister zu vereiteln, ließ sich Sarah von derlei Beschränkungen anscheinend nicht anfechten.

„Es ist Zeit für die Zeremonie“, verkündete Danforth schließlich.

„Dann sollten wir jetzt für eine passende Ausstattung sorgen“, schlug Heather vor und hob einen Tisch über die Theke.

„Da hast du recht, Weib! Wir brauchen einen Zeremonialraum!“ stimmte Corwin begeistert zu. Er versetzte dem Tisch, an dem Sarah saß, einen genußvollen Tritt; der prallte krachend auf benachbarte Tische und ließ sie in verschiedene Richtungen rutschen. Einer der anwesenden Zombies stand zufällig einem umherfliegenden Stuhl im Wege, der krachend in sein verwestes Bein fuhr. Niemand schien das zu bemerken, nicht einmal der Zombie selbst.

„Ich brauche noch mehr Raum für die Zeremonie!“ rief Corwin ekstatisch aus. „Mehr Raum für die Erleuchteten!“ Und er warf einen weiteren Tisch auf die Theke.

Sarah jaulte auf, als wäre sie gebissen worden und wandte sich entsetzt ab. Die Besessenen begannen, den Rest der Einrichtung auseinanderzunehmen. Buffy konnte Sarah verstehen: Diese Art Gewalt war schlimmer als jene, die man beim Kampf des Guten gegen das Böse anwenden mußte. Die Verschwörer gebärdeten sich wie die Vandalen. Sie rissen alles nieder, was zufällig noch intakt war – Jukebox, Flipper, Servierwagen.

„Das ist noch immer nicht genug für einen Zeremonialraum!" rief Corwin voller Verzweiflung aus.

Sie warfen jetzt wieder alles in die Luft. Ein paar Sekunden später hatte Buffy begriffen, daß ihr Wahnsinn Methode hatte: Sie stapelten die Trümmer nach einem ganz bestimmten Muster, das Buffy aus ihren Träumen kannte. Als sie in der Küche eine ähnliche Verwüstung veranstalteten, ging Buffy plötzlich ein Licht auf – diese unordentlichen Stapel bildeten einen verkleinerten und recht blassen Abklatsch des hufeisenförmigen Steinkreises, der bei der Zeremonie vor dreihundert Jahren die magische Grenze gebildet hatte.

„Hey, Leute", fragte Buffy, „wenn diese Kultstätte in Neuengland auch vielleicht ein Stonehenge der Pilger war – was soll das hier sein? Ein Stonehenge der Hinterwäldler?"

Die Besessenen achteten gar nicht auf sie. Fenster gingen zu Bruch, und das billige Sägemehl, das dem Fußboden von Billy Bob's „die besondere Note" gab, wirbelte durch die Luft. Der Regen tropfte ungehindert in das Steakhaus hinein.

„Ist es nun Zeit für die Zeremonie?" verlangte Corwin zu wissen.

„Es ist Zeit", antwortete Danforth und begab sich in die Küche. Oder in das, was von ihr übriggeblieben war. Die anderen folgten ihm; auch Sarah, folgsam wie ein Lamm. Buffy mußte unsanft von Corwin geschoben werden.

Sie versammelten sich um den Grill. Mather stellte vorsichtig die „Mondmann"-Statue von Vivaldi darauf, und der Stein begann sofort zu brutzeln. Ekelhafter schwarzer Rauch stieg auf.

Die vier Besessenen sangen und tanzten. Das Mondgestein glühte rot wie Kohle, doch es zerfiel nicht. Es brannte auch nicht. Sogar die Hitze des Grills reichte nicht aus, den Stein zum Schmelzen zu bringen.

„Da ist es“, sagte Sarah. „Er kommt! Der Meister erhebt sich!“

Buffy glaubte manchmal, sie habe schon alles gesehen, aber nie zuvor hatte sie einen Riß im Raum-Zeit-Kontinuum erlebt, wo die Grenzen zwischen einem Hier und einem Dort sich auflösen.

Eine andere Art Hitze und ein anderer Rauch begannen den Raum zu füllen. Der Rauch zog durch ein gewaltiges Loch in der Decke ab, doch die Hitze wurde innerhalb weniger Sekunden unerträglich und erstickend.

„Ich habe vergessen, wie es war, einen Körper zu haben“, bemerkte Danforth und schnappte nach Luft.

„Ruhig!“ befahl Corwin. „Der Meister ist nahe!“

Tatsächlich – eine weiße Hand, deren Haut nach Würmern und Schlangenschuppen aussah, reckte sich aus dem Nichts. Ihr folgte ein Arm in einem gepflegten schwarzen Jackett.

„Trendy“, meinte Buffy. „Interessante Blässe!“

„Schweig, geistloses Weib!“ schnauzte Danforth sie an.

„Hast du keinen Respekt vor dem Erhabenen?“ fragte der Meister. Kopf und Oberkörper waren nun aufgetaucht. Er hatte beide Hände auf den Grill gelegt, was dem Aussehen seiner Haut allerdings nicht mehr ernsthaft schadete. Mit begeisterter Miene sah er sich um. „Wie ich sehe, habt ihr alles für mich vorbereitet. Wie rücksichtsvoll!“

„Würdet Ihr einen Bissen zu Euch nehmen wollen?“ erkundigte sich Danforth. „Wir dachten, Ihr könntet mit diesen beiden beginnen.“

Der Meister blickte Buffy mit einem Grinsen an, das sämtliche Zähne freilegte. Buffy grinste zurück. *Er* war der Schlüssel zu diesem Alptraum! Endlich war die Zeit zum Handeln gekommen. In den nächsten Sekunden würde sich entscheiden, ob sie leben oder sterben sollte. „Eines ist sicher", beschloß sie. „Egal, was aus mir wird, der Meister wird sterben. Wieder und wieder. Jetzt muß ich ihn bloß ein bißchen ablenken ..."

Sie nahm aus dem Augenwinkel eine unerwartete Bewegung wahr, drehte sich um und sah Sarah mit einem Gegenstand in der Hand in mörderischer Absicht auf den Meister zustürzen. „Nein!" schrie Buffy verzweifelt. „Nimm einen Pflock! Keinen Klops!" Sarah schlug dem Meister mit einem Hamburger mehrere Male auf Brust und Schultern.

Der Meister, der sich von diesem nervtötenden Menschlein behindert fühlte, nahm Sarah den Hamburger aus der Hand und hielt ihn angewidert hoch. „Wißt ihr überhaupt, wie viele Nährstoffe verlorengehen, wenn man Fleisch durch Kochen so verdirbt?"

„Wirklich? Für mich sieht's noch roh genug aus!" gab Buffy zurück. Ihre Hände waren nun frei – sie hatte das Seil mit einem Messer zerschnitten, das sie bei dem wie zufällig aussehenden Stoß gegen den Tisch ergattert hatte.

Sie warf das Messer.

Sarah, die wohl geringes Vertrauen in die Fähigkeiten der Jägerin hatte, duckte sich. Aber Buffy hatte den Wurf so berechnet, daß er sie um einen halben Zoll verschonen mußte. Das Messer wirbelte wie ein Blitz durch die Luft – und grub sich tief in die Brust des Meisters.

„Das nenne ich ein anständiges Steakmesser!" bemerkte Buffy. „Dein Spiel ist aus!"

Der Meister starrte in abgrundtiefem Entsetzen auf den Messergriff, der aus seiner Brust ragte, konnte es aber nicht über sich bringen, ihn herauszuziehen. Diese unerwartete Wendung der Dinge löste den Bann der vier Besessenen. Die Kräfte des Bösen zerstoben, und das Tor zwischen dem Hier und dem Dort begann sich zu schließen.

„Du hast versagt!“ herrschte der Meister Danforth an, wobei seine Stimme in kreischende Höhen stieg. „Ich hätte es wissen sollen. Du kommst mit mir! Ihr alle kommt mit mir zurück!“ Er streckte die Hand aus und schloß sie zur Faust, als greife er die vier gefangenen Seelen in der Luft. Dann fiel er durch das Tor zur Hölle nach unten. Rick und Lora Church, Darryl MacGovern und Eric Frank fielen in Ohnmacht und brachen zu kläglichen Häuflein zusammen.

„Es ist vorbei“, sagte Sarah beruhigt. „Nun kann ich diese Welt wieder verlassen. Ich bin sicher, das Böse wieder wettgemacht zu haben, für dessen Entstehung ich vor dreihundert Jahren verantwortlich war.“

„Was ist mit meinem Freund Giles?“ wollte Buffy wissen. „Wird er wieder gesund?“

„Sein Fieber ist schon gesunken, du kannst beruhigt sein“, erwiderte Sarah. „Lebe wohl.“

Und auch Xander fiel in Ohnmacht und gesellte sich zu den Häuflein am Boden.

„Die Live-Wiederholung in der Nacht der Wiederholungen ist vorbei. Wir schalten jetzt um zu unserem regulären Programm“, moderierte Buffy im Geist. „Und jetzt kann ich endlich diese blöden Klamotten ausziehen . . .“

12

Es hatte aufgehört zu regnen. Zwar ging noch ein leichter Wind, aber er blies als warme, angenehme Brise durch die Fensteröffnungen in das zerstörte Steakhaus hinein. Buffy vergewisserte sich, daß alle, die zu Beginn des Abends noch keine Leiche gewesen waren, still dalagen. Dann flitzte sie in die Damenumkleide, die zum Glück unversehrt war, zerrte ihre Klamotten aus dem Trockner und zog sich um.

Sie ging in die Küche zurück und kniete neben ihrem Freund nieder. „Xander!" zischte sie. Als das nichts half, versetzte sie ihm einen Klaps.

Sofort schlug er die Augen auf und fuhr hoch. „Hey! Das hat wehgetan!"

„Sorry, ich mußte doch sichergehen, daß du auch wirklich Xander bist. Geht's dir gut?"

„Abgesehen von 'nem kalten Schauder ab und zu geht's mir ganz gut."

„Puuh!" stöhnte Darryl MacGovern, während er sich aufsetzte. „Wo kommen denn bloß all diese Leichen her? Die stinken vielleicht!"

„Was ist denn passiert?" fragte Eric Frank stöhnend. Seine Haare sahen aus, als wäre er mit den Fingern in eine Steckdose geraten.

„Wie sind wir denn hierhergekommen?" wollte Rick Church wissen.

„Oh, mein Gott! Ich sehe ja furchtbar aus!" klagte Lora Church, als sie ihr Spiegelbild in einem verchromten Serviettenhalter erkannte.

Buffy saß mit Xander auf den Überresten einer Mauer.

„Woran kannst du dich erinnern?"

„An alles", erwiderte er. „Bis zu einem bestimmten Punkt. Ich weiß immer noch nicht, was mit Sarah Dinsdale geschah, nachdem Kane die Sache mit dem Meister vermasselt hatte. Ich fürchte, was mit Kane passiert ist, wissen wir beide nur zu gut."

„Aber die da scheinen gar nichts mehr zu wissen", sagte Buffy. „Ich schätze, als der Meister Mather & Co von ihnen nahm, hat er ihnen auch die Erinnerung genommen."

„Der Meister wollte nichts von Sarah", erklärte Xander. „Ich weiß das genau. Sie ging aus freien Stücken, aber wohin bloß?"

„Puuh!" machte MacGovern hinter ihnen noch einmal. Der Wind hatte plötzlich gedreht und einen starken Gestank hereingeweht, der an eine Massenpanik von Stinktieren erinnerte.

„Was machen die denn da ... mit Gewehren?" fragte Eric Frank und zeigte auf Zombie-Körperteile zu seinen Füßen. Er und MacGovern blickten einander bedeutsam an. „Hier rieche ich doch 'ne Story."

Nachdenklich rieb sich MacGovern das Kinn. „Ich glaube, hier ist irgend etwas Übernatürliches geschehen. Da wette ich meinen Ruf drauf."

„Sie haben gar keinen Ruf", meinte Frank.

„Wo ist denn Ihre Crew?" erkundigte sich Lora. „Sollten die nicht hier sein und filmen?"

„Vielleicht sind sie im Lastwagen!" überlegte Frank. „Ich seh' mal nach!"

Buffy gab Xander stumm zu verstehen, daß es besser wäre abzuhauen – sie zerrte ihn am Ärmel zum Hinterausgang. Als sie draußen waren, sagte sie: „Ich glaube, Eric Frank wird ganz schöne Schwierigkeiten haben, seiner Crew alles zu erklären."

„Wieso?" meinte Xander.

„Na ja. Morgen können wir wahrscheinlich in der Zeitung lesen, daß das Billy Bob's von 'nem furchtbaren Blitz getroffen wurde", meinte Buffy.

„Aber wie wollen sie alle diese toten . . . Körper erklären?"

Buffy zuckte mit den Achseln. „Leichenwahnsinn?"

Als Buffy und Xander zur Schule zurückkamen, saßen Giles und Willow auf der Couch in seinem Büro.

„Du hast es geschafft, Buffy!" sagte Giles froh. „Ich hatte die ganze Zeit über gehofft, daß die Prophezeiung des Prinzen nur eine gelehrte Vermutung war. Aber ich wußte, wenn jemand das Netz des Schicksals entwirren kann, dann bist du es."

„Das sagen Sie uns jetzt", brummte Xander. „Ach ja, und danke, daß Sie sich auch über mich freuen."

„Nun ja, ich freue mich auch über dich", sagte Giles – ohne den Grund für Xanders Sarkasmus zu begreifen. „Willow und ich haben nur gerade über etwas diskutiert, das ihr wohl ‚Stuß' nennen würdet."

„Sie meinen ‚Zeugs'", berichtigte Buffy.

„Genau. ‚Stuß'."

Xander ließ eine Hand über seinem Kopf kreisen.

„Ach", meinte Giles, „das ist zu hoch für dich, hm?" Er grinste. „Welch seltenes Ereignis. Wenn ihr es unbedingt wissen wollt, ich habe Willow eben von meinen Einsichten in Robert Erwins Leben erzählt, kurz bevor er an dem geheimnisvollen Fieber starb. Und wir fragten uns, wieviel freien Willen wir eigentlich haben – wie frei wir wirklich in unseren Entscheidungen sind."

„Sie sagen mir doch immer, ich solle mein Privatleben vergessen und mich auf meine Pflichten als Jägerin konzentrieren", sagte Buffy.

„Es ist wahr, daß das Schicksal dich auserwählt hat", meinte Giles. „Und trotzdem hoffe ich, daß du in den nächsten Jahren mehr Freiheit haben wirst, das zu wählen, was du willst – auch wenn du dir das jetzt nicht vorstellen kannst."

„Ich werde das nächste Mal dran denken, wenn ich ein heißes Date hab", sagte Buffy. „Oder überhaupt eins."

„Willow, du bist ja so still", fiel Xander plötzlich auf.

Willow war überrascht, als die allgemeine Aufmerksamkeit plötzlich ihr galt. „Ich dachte gerade nach. Und ich habe mich was gefragt."

„Was?" wollte Xander wissen.

„Nun ja, es ist doch so, daß manche Menschen ihr Schicksal wählen. So wie ich mich dafür entschieden habe, euch beiden", sie zeigte auf Buffy und Giles, „zu helfen, die Welt vor gewissen verabscheuungswürdigen Ungeheuern zu retten. Aber ihr beide glaubt, daß euch das Schicksal irgendwie ausgewählt hat."

„Ja." Giles nickte ernst.

„Und was willst du damit sagen?" hakte Xander nach.

„Wie könnt ihr das wirklich wissen? Was ist, wenn ihr beide einen schweren Fehler gemacht habt und eigentlich gar nicht die Jägerin und der Wächter seid? Und was ist, wenn es nicht mein Schicksal ist, euch bei diesem Fehler auch noch behilflich zu sein?"

„Ich glaube, du interpretierst zuviel in die letzten Ereignisse hinein", meinte Buffy.

Willow zog einen Schmollmund. „Vielleicht. Ich hab mich die ganze Zeit über wie 'n fünftes Rad am Wagen gefühlt."

Sofort versuchten die anderen, ihr Selbstvertrauen zu stärken. Buffy beteuerte, wie wertvoll Willows Hilfe bei so vielen Abenteuern gewesen war. Und wenn das nicht Schicksal war, fragte Xander, was konnte es sonst sein?

„Lieber 'n fünftes Rad am Wagen sein, als jemanden unter der Haut rumkrabbeln haben. Brrr!" Xander schüttelte sich. „Ich bin froh, daß sie wieder abgezischt ist. Sitzt mein Haar auch gut?"

Nachdem alle gute Nacht gesagt hatten und Willow auf dem Heimweg war, wurde sie noch einmal sehr traurig. Dieses Abenteuer brachte sie durcheinander. Es zeugte von Banden zwischen den darin verwickelten Seelen, aber nicht von Liebe. Und, noch schlimmer: Ihre Seele war offensichtlich mit gar nichts und niemandem verbunden. Und wenn es etwas gab, das Willow sich wünschte, so war es ein Band zwischen Xander und ihr selbst, das tiefer und stärker war als das, welches sie bisher vereinte.

Doch das stand offensichtlich nicht in den Karten. Willow kam nach Hause und fühlte sich hundsmiserabel – ein einsamer Mensch, dem es für alle Zeiten bestimmt war, einsam zu bleiben.

Nachdem sie sich einen späten Liebesfilm angeschaut hatte, schlief Willow mit Tränen in den Augen ein. Dennoch schlief sie tief, und es dauerte nicht lange, bis sie anfing zu träumen.

Sie träumte, daß sie durch einen dichten Wald lief, in dem es vor Leben wimmelte, ein Wald, wie Willow noch nie vorher einen gesehen hatte. Es stürmte grauenhaft, fast so stark wie bei jenem Sturm, den Willow an diesem Tag im Wachzustand erlebt hatte.

In ihrem Traum fühlte sie sich älter, schwerer, und sie war verzweifelt. Sie war von einem geradezu lähmenden Kummer befallen. Und doch wurde sie durch eine Furcht, die sie kaum begreifen konnte, mitten durch den Wald getrieben. Sie lief durch den Sturm auf ein geheimnisvolles Licht zu, das sich wie eine Kuppel über den Bäumen wölbte.

Wenn ihr Blick auf ihre Kleidung fiel, beschlich sie das seltsame Gefühl, keine Frau zu sein. Sie trug Hosen und Stiefel eines Mannes. Die Ärmel des weißen Baumwollhemdes waren blutig und zerrissen. Ihr Atem ging schwer, jeder Muskel tat ihr weh und ihr Herz klopfte zum Zerspringen.

Eine stumme Erschütterung, deren Quelle wohl böse Kräfte waren, warf Willow – oder den Mann – zu Boden. Als er aufstand, hatte der Sturm an Stärke verloren, und das ferne Licht wurde schwächer. Nun war es nicht mehr weit entfernt, vielleicht nur noch ein paar hundert Meter, aber der Mann war von seiner seelischen Qual niedergeschmettert. Er hatte einen Hunger, den er nie stillen, einen Durst, den er nie würde löschen können. Ihm war, als ob sein Leben vorbei sei, obwohl er noch jung und kräftig war.

Da erblickte er Sarah Dinsdale, die – ebenso schmutzig und zerzaust wie er selbst – durch den Wald lief. Er rief ihr nach, sie solle stehenbleiben, aber sie achtete nicht auf ihn. Er rannte hinter ihr her, doch er konnte sie nicht einholen – bis sie den Wald hinter sich gelassen hatten und einen Strand entlangliefen. Aber selbst dann, als er schon die Hand ausstrecken und sie berühren konnte, lief sie wie gehetzt weiter.

Deshalb stürzte er sich auf sie. Sie rangen miteinander, bis er ihre beiden Hände in festem Griff hatte und sie sich nicht mehr wehren konnte.

„Nun tu es schon! Mach ein Ende!" schrie sie ihn an. „Tu, was die anderen nicht vermochten. Töte mich! Ist es nicht das, was du immer wolltest?"

Der Mann war so erschrocken, daß er ihre Hände freigab. „Niemals! Vergib mir, das war das letzte, was ich im Sinne hatte."

Irgend etwas in seiner Miene mußte Sarah davon überzeugt haben, daß er die Wahrheit sprach – sie hörte auf, sich zu wehren. Sie versuchte auch nicht, wieder davonzulaufen, obwohl der Mann ihr Gelegenheit dazu gab.

„Aber du hast mich angezeigt!" rief sie. „Du hast mich vor ganz Salem verleumdet!"

Der Mann stand auf, senkte beschämt den Kopf und blickte beiseite. „Das ist wahr. Ich habe dich angezeigt, weil ich dich haßte. Vielmehr glaubte ich dich zu hassen. Ich kannte meine eigenen Gedanken nicht."

„Eine unter Männern nicht seltene Krankheit", bemerkte Sarah. „Vielleicht kennst du deine Gedanken jetzt."

„Ganz sicher. Und den Wunsch meines Herzens auch." Er wandte sich ihr wieder zu, und sie konnte diesen Wunsch an seinen Augen ablesen. Er weckte in ihr ungläubiges Staunen und rief eine Furcht hervor, die sie sanfter und verletzlicher machte als jede Angst, die er vorher an ihr bemerkt hatte. „Ich liebe dich, Sarah Dinsdale. Ich bitte dich um mehr als um Vergebung. Ich bitte dich um dein Herz. Ich bitte dich darum, meine Frau zu werden."

„Ich wünschte, ich könnte dir glauben ... aber ich bin eine Hexe, das gebe ich offen zu!"

„Ich bin mir dessen bewußt, aber ich habe gelernt, daß nicht alle Hexen schlecht sind – und auch, daß nicht alle Priester so gut sind, wie sie es von sich selbst glauben."

Sarah lächelte jetzt und berührte seine Wange mit ihrer warmen Hand. „Sei nicht traurig, wenn du begreifst, daß auch ein wenig Teuflisches in dir steckt. Etwas Teufelei ist uns allen zu eigen."

„Ich liebe dich, Sarah! Geh mit mir fort. Laß uns die Kolonie verlassen und nach Philadelphia ziehen. Dort können wir unsere Namen ändern, und keiner wird je erfahren, daß dir in Salem Unrecht getan wurde. Und daß ich der Mann war, der es dir antat."

„Das sagst du, obwohl du weißt, daß ich dich verhext und in mich verliebt gemacht habe?"

Der Mann zuckte mit den Schultern. „Das macht keinen Unterschied. Ob Zauber oder nicht, ich hätte dich mit der Zeit zu lieben begonnen. Wie lautet deine Antwort? Wirst du mitkommen? Wirst du mich zum Mann nehmen?"

„Wenn du mich so fragst, wie könnte ich da anders antworten als mit ‚Ja', John Goodman?"

Und Sarah/Xander küßte John/Willow. Die beiden Seelen hatten einen Bund geschlossen, ihre Zukunft war zusammengeschmiedet.

Willow Rosenberg lächelte im Traum. Heute nacht würde sie gut schlafen.

Über den Autor

Arthur Byron Cover wurde im finsteren Mittelalter geboren, ein paar Jahre vor der Erfindung des Rock 'n' Roll. Er ist alt genug, um sich an eine Zeit vor *Raumschiff Enterprise* und *Krieg der Sterne* zu erinnern, falls es die überhaupt gab. Seinen Rollstuhl repariert er immer selbst.

Als geistiger Mensch ist er zutiefst von dem „Silbernen Zeitalter der Comics" und von Edgar Rice Burroughs Taschenbucherfolgen der frühen sechziger Jahre beeinflußt worden. Für eine oder zwei Wochen glaubte er, die Dave Clark Five wären eine bessere Band als die Beatles, weil die einen Saxophonspieler hatten und die Beatles nicht. Nachdem er seinen Abschluß an der High School gemacht hatte, ging er ans Virginia Polytechnical Institute, wo er ein Wochenende lang halbherzig gegen den Krieg demonstrierte. Die übrige Zeit verbrachte er damit, Science Fiction zu lesen. Nach dem Examen las er viel russische Literatur und noch mehr Comics. Dazu hörte er Klassik, progressiven Rock und elektronische Musik.

Heute kann Cover von sich behaupten, mehrere Romane geschrieben zu haben, von denen einige ganz und gar seinem Hirn entsprungen sind. Dazu kommen eine Handvoll Comics, Skripts für ein paar Zeichentrickfilme, einige Buchbesprechungen und viele Entwürfe für die Drehbücher zweier Filme. Er hat kreatives Schreiben gelehrt und war geladener Gast einer Radio-Talkshow, die sich mit Science Fiction und verwandten Genres beschäftigt. Er betreibt einen Science Fiction-Buchladen in Sherman Oaks, California und quatscht gern den lieben langen Tag.

In jeder Generation gibt es nur eine Jägerin ...

Richie Tankersley

BUFFY
Im Bann der Dämonen
Die Wiederkehr des Meisters

Roman

Eine neue Schule, ein schöner, sonniger Morgen: Gutgelaunt beginnt Buffy ihren ersten Tag an der Sunnydale Highschool, wo niemand ahnt, daß sie zugleich eine Vampirjägerin ist. Ihre Aufgabe ist es, die Blutsauger zu bekämpfen, wenn sie aus den Gräbern steigen, um ihren Durst zu stillen. Hier im friedlichen Städtchen Sunnydale hofft Buffy jedoch, endlich ein ganz normales und geregeltes Leben mit Freunden führen zu können.
Doch schon einige Stunden später wird im Umkleideraum die Leiche eines Jungen gefunden ... War es vielleicht doch kein Zufall, daß es die Vampirjägerin ausgerechnet hierher verschlagen hat? In den alten Büchern der Bibliothek finden sich Hinweise auf einen Meister der Alten Mächte, den König der Vampire. Alle hundert Jahre, genau in der Nacht zur Sonnenwende, braucht er neuen Lebenselixier: junges, frisches Blut, sonst würde er für immer seine Macht verlieren. Und in Sunnydale gibt es eine reiche Auswahl an jungem Blut ...

vgs verlagsgesellschaft, Köln

In jeder Generation gibt es nur eine Jägerin . . .

Christopher Golden / Nancy Holder

BUFFY
Im Bann der Dämonen

Halloween

Roman

Halloween – die Zeit der Kürbisse und Geister. Und die Nacht der großen Parties. Kein Wunder, daß Buffy wenig Lust verspürt, ihrer Aufgabe nachzukommen und die Zeit damit zu verbringen, auf Dämonen zu achten.
Doch seit ewigen Zeiten wird in Sunnydale eine uralte Legende überliefert: Wenn es zu Halloween regnet, erwachen die Vogelscheuchen auf den Feldern zu Leben und greifen jeden an, der in ihre Nähe kommt. Obwohl sie bisher nie an solche Spukmärchen geglaubt haben, warnen Willow und Zander Buffy vor diesen Geistern. Doch ihre neue Freundin schlägt diese wohlgemeinten Ratschläge in den Wind – dabei müßte sie es als *Jägerin* eigentlich besser wissen!
Aber dann setzt der Regen ein . . .

vgs verlagsgesellschaft, Köln

In jeder Generation gibt es nur eine Jägerin . . .

John Vornholt

BUFFY
Im Bann der Dämonen

Der Hexer von Sunnydale

Roman

Buffy ist beunruhigt – in Sunnydale streunen plötzlich nachts Kojoten durch die Straßen, die ein äußerst merkwürdiges Benehmen zur Schau tragen. Hat ihr Auftauchen irgend etwas mit dem Jahrmarkt zu tun, der gerade seine Zelte in der Stadt aufgeschlagen hat? Buffys Instinkt als Jägerin sagt ihr, daß es da einen geheimnisvollen Zusammenhang gibt.

Willow und Xander lassen sich von dem Verdacht ihrer Freundin jedoch nicht irritieren. Es sind Sommerferien, und das bunte Treiben auf dem Rummel bietet die einzige Abwechslung in dem ansonsten wie ausgestorbenen daliegenden Ort. Vor allem die äußerst attraktiven Schausteller haben es den beiden angetan . . .

vgs verlagsgesellschaft, Köln

Buffy - The Vampire Slayer
Im Bann der Dämonen
Jeden Monat neu!
© Dark Horse/20th Century Fox
Buffy
Im Bann der Dämonen
Buffy
Im Bann der Dämonen
BUFFY
Im Bann der Dämonen
Comic-Magazin
36 Seiten
Voll farbig!
Nur DM 4,90
»Buffy« ist im Buch- und Comic-Handel, sowie am Kiosk jeden Monat neu erhältlich!
CARLSEN COMICS